目次

平家物語　犬王の巻

序　譚《はなし》の章

さて前口上から。

あらゆる物語には続きがある。たとえば続篇があり、たとえば異聞がある。どうしてそんなものが生まれてしまうのだろうか。一つには、物語は語られては消え、語られては消え、読まれては忘れられるからだと言える。

なれども、それだけでは単に儚《はかな》いではないか。

そのために続きがやってくる。

そしていま一つ。ひとたび耳で聞かれ、目を通して読まれた物語は、じつのところ聞き手の心に、また、読み手の身《からだ》に種を蒔いている。すると人というのは問うのだ。「あれはどうなったのか。あれからどうなったのか」と。これは、蒔かれた種を自ら芽吹かせるということ。あるいはまた、繁らせるということ。そのために続篇が生じて、異聞が掘り起こされる。

他にもあと一つある。世には知られていないからこそ、それゆえにこそ語ってほしいと願う者たちがもたらす真の異聞だ。平家の物語は、滅んだ一門の物語である。しかし、一門に連なり一門に味方した全員が絶えたわけではなかった。ここに異聞の、そして続篇の種がある。ほら、また種が——。

そうしたものが萌《も》えでたとき、これまでとは異質なる人物も登場する。従来の、平家の物語には縁のない者たちも。しかし、そうした者たちもまた当然ながら続きにおいては物語そのものに産み落とされたのだ。たとえば滅亡した一門の高名さに翻弄されて。あるいは、たとえば滅亡したはずの一門の末裔《まつえい》たちに夢見られて。否、見られた夢に翻弄されて。

ここにもそうした人物がいる。

二人もいる。どちらも芸能者である。

いっぽうは琵琶《びわ》の演奏者であり、他方は猿楽《さるがく》（能）の舞台に立つ者である。

前者は名を友魚《ともな》、友一《ともいち》、友有《ともあり》と三度変え、後者は犬王《いぬおう》として後《のち》の世にも知られる。

それでは本章に入る。

一　海の章

あるところに子供がいた。子供といっても十三、四ばかりの齢《とし》になっていた。男子《おのこ》だった。もともと海の潜り手で、一族のなかでは――その一族こそは海人《あま》だったが――一等若かった。この子供が、都から来た連中に声をかけられた。「一つ秘密を教えるわい。潜ってほしい」と乞われた。地図が与えられた。その子は父親といっしょに海に入った。その海は平家蟹《へいけがに》というものが獲《と》れることで知られていた。甲羅に、人の顔がある。それは怒《いか》っている顔であり、怨《うら》んでいる顔である。すなわち蟹どもに乗り移った怨霊《おんりょう》の人面《じんめん》である。だが、これは陸《おか》に暮らしている者たちにはさして知られていなかったが、水中にある間の平家蟹はその怨む顔をほとんど誰にも示さない。なぜならば、片貝《かたがい》を小さな四本の脚でつかんで、これを甲羅にかぶっているからである。たとえば二枚貝のポロッと剝がれた片側などを、まるで顔のうえに掛けた面《おもて》のように着用しているからである。

すなわち海の内側にある平家蟹は、海の内側を訪れる何人《なんぴと》をも怨まない。怒らず、呪わない。

それをするのは、水中より外に出て以降である。

さて都から来た連中に地図を与えられた子供だ。子供とその父親だ。親子はとある遺物を水底《みなそこ》からひき揚げた。これが百五、六十年も昔の合戦の名残《なご》りであることを親子ともに承知していた。というのも、これまでにも鍬形《くわがた》の付いた兜《かぶと》だの鎧《よろい》だの、多様な遺品類を拾っていたから。海面の、舟のうえでは、都の連中が——見るからにうずうずと——待っていた。

親子がひき揚げたのは剣《つるぎ》だった。

長さは二尺と五、六寸。父親のほうが鞘《さや》を払った。都から来た連中はやたら距離を置いて、親子の様子をうかがっていた。指に数珠《じゅず》をからめ、ひそひそと呪《じゅ》を唱える者もあった。

閃光が走った。鞘を払われた刃《やいば》から、それは発していた。

子供の両目がたちまち暗んだ。闇。鼻孔からは血が噴出していた。びゅうびゅうと噴いたのがわかった。父親が悲鳴をあげていた。父親のほうは眩暈《めまい》だけではすまなかったのだ。生命を吸われようとしていた。そして、子供もやっぱり眩暈だけではすまなかった。その子は刃を直視してしまっていた。たとえば切っ先とは反対側、そこに節《ふし》があるのを見た。ぼこりぼこりと節榑立《ふしくれだ》っているのを。あとで知るが、それは凡人《ただびと》が決して目にしてはならない宝剣だった。なにしろ皇位の保証に関わる品だった。都から来た連中が声を揃えて、「ああ、神器《じんぎ》が。神器が！」と叫んだ。

剣は海中に戻った。自ら、舟のうえから飛び出したかのように。子供の父親は頓死していた。子供はその目路《めじ》が暗んだまま、闇のままであり、鼻血はいぜん垂れつづけ、むしろ全身の血がその体内で沸騰《ふっとう》を続け、「ああ、目が！」と叫んでいた。子供はそれから数日で文字どおり失明する。視野の明るさの喪失。この出来事の起きた海は、名を壇《だん》の浦《うら》といった。

二　幻《げん》経《きょう》の章

海は壇の浦といい、子供の一族はイオの一族といい、子供はこのとき名を友《とも》魚《な》といった。イオは、文字にすれば五百《いお》だった。しかし元来、イオとは魚のことだった。イオの一族というのは魚類《うろくず》さながらの一族との謂《い》いだった。が、蔑称ではない。むしろ讃《たた》えている。その比類なき潜水能力を称讃している。

どうしてイオの一族が都から来た連中に目をつけられたのか。

すでに都でも、権力の内側の深い、深い、深いところにいる人間たちは「壇の浦の抽《ぬき》んでた海人《あま》たち」を認識していたからだった。イオの一族は元暦《げんりゃく》年間からのおおよそ百年、ということは要するに源平合戦から百歳《ももとせ》の間にということだが、壇の浦その他に潜り、合戦の遺物というのを時の実力者に献上しつづけてきた。おりおりの将軍、執権《しっけん》、天子などに献《ささ》げた。なかでも平家一門の遺財こそは至高の貢ぎ物であった。が、そうした宝物《ほうもつ》がいついつまでも海中に拾えるわけはない。献上の時期は、いつしか過ぎた。イオの一族はそれでも、損なわれて残った甲冑《かっちゅう》だのを漁《あさ》り、捌《さば》き、この五、六十年を——ふだんはただの漁夫として——口過《くちす》ぎしてきた。

どうしてイオの一族であっても見出してこれなかった宝剣の地図を、しかも海中のそれを、都から来た連中が所持していたのか。

平家谷で情報を得ることができたためだった。平家谷とはもちろん落人《おちゅうど》たちの暮らすところ、平家の落ち武者たちの隠れ住む里である。全国のさまざまな僻遠《へきえん》の地にある。ところで落ちのびた侍たちのうち、以前は貴々《あてあて》しい身分にあった者たち（すなわち公卿、殿上人《てんじょうびと》、それから諸大夫《しょだいぶ》の一部）は、とある幻の経典を伝承していた。名を竜畜経《りゅうちくきょう》といった。また竜軸経《りゅうじくきょう》ともいった。それが幻のお経であるという理由は、鎌倉に武家政権の拠点が置かれるようになった時代以後、この経典が失われてしまったためだった。五畿七道のどこの名刹《めいさつ》にもない。そもそも大蔵経《だいぞうきょう》の目録から削られたとも言われる。平家の某《なにがし》かが一門の秘経とするためにそうしたとの見解もある。いずれにしても竜畜経あるいは竜軸経はいくつかの平家谷にしか写しがない。

平清盛《たいらのきよもり》の北《きた》の方《かた》、あの二位《にい》の尼も唱えたのだが。

建礼門院《けんれいもんいん》も唱えたのだが。

そして幻のこのお経を唱える平家落人の末流たちが、数人、揃って同じ夢を見た。海底の神庫《ほくら》の霊夢を見た。神庫には草薙《くさなぎ》の剣《つるぎ》がある、今もって納められているとのお告げを得た。海底とは壇の浦の水底《みなそこ》である、との解釈を得て、それから図を起こしもした。

すなわち、失われた神器《じんぎ》がどこにあるか、あれから百五、六十年を経てどこにあるかの図。

しかし誰が潜れようか――。

この霊夢が、ある一つの平家谷の幾人かの間で見られたのならば、さほど信《しん》憑性《ぴょうせい》はないとも判断しえたが、じつのところ二つ、三つの落人たちの隠れ里にてこうした秘経の霊験《れいげん》は顕《あら》われていた。その事実を確かめた人間たちこそ、それぞれの平家谷の外部《そと》の連中、秘めたる意図を持って平家谷を訪ね、情報の収集というのに当たっていた連中だった。

が、どうして隠れ里の落人――の子孫たち――が外部《そと》の人間を入れたのか。

一つには、この里人たちは鎌倉の追及を逃れていたわけだが、その鎌倉がもう滅んでいた、という点にある。それから一つには、訪問者が盲人を連れた少人数の一行ばかり、その事実に安心していた、ということがある。背負われ、また駕籠《かご》に乗せられる盲人たちというのがこれまた琵琶《びわ》を手にした芸能者であったから、「おお、これは。これは」と迎えるのも愉快だった。

全国を歩いてまわる琵琶法師だった。

彼らの供はたいがい山伏《やまぶし》たちだった。

しかし、もちろん、単なる修験者《しゅげんじゃ》というのとは違った。これらの者たちは将軍家に雇われていた。鎌倉亡き後の、都の足利《あしかが》将軍家に。

三　宮《みや》の章

　さてこの時代、朝廷は二つあった。二つの宮すなわち皇居があった。皇居が二つあるのだから、当然のように天皇も二人いた。どうしてこうした事態は惹《ひ》き起こされたのか。まずは鎌倉幕府の滅亡がある。それから足利尊氏《たかうじ》の挙兵と、都の制圧がある。この武将は光明《こうみょう》天皇を擁立した。その後、光明天皇から征夷大将軍に任じられ、ふたたび幕府を興した。しかも鎌倉ではなしに京の都に再興した。この武家政権は後代「室町幕府」と呼ばれる。

　ところで、光明天皇が帝位に即《つ》けたのはなにゆえか。

　皇位の象徴たる三種の神器《じんぎ》を後醍醐《ごだいご》天皇より譲られたためだった。

　これらを譲った後醍醐天皇は、都から大和《やまと》の国の吉野に逃れた。逃れて後《のち》、

「光明天皇に渡した神器は、偽器《ぎき》である」と宣言した。すなわち「光明天皇は正統ではない、正統なるは朕《ちん》である」と断じた。そうして吉野に朝廷を開いた。

　要するに二つの朝廷があって、二人の天皇がいて、本物だとされる三種の神器はこのうちの片方にしかなかった。すると言《げん》を俟《ま》たないが、都に置かれた朝廷の側は「ああ、三種の神器があれば。あれば」と願う。ほとんど切に願う。「——だが」とも考える。「神器のうちの一つ、もともとは天《あま》の叢雲《むらくも》の剣《つるぎ》といった草薙《くさなぎ》の剣は、壇の浦の水中に没したはず。あれは、どうなっているのか」と考える。

「他の二つ、神璽《しんじ》と神鏡《しんきょう》はご無事で、しかしながら、あれは発見されず終《じま》いだったはず」と。

　分裂する以前の朝廷がこの草薙の剣が欠けたという難局にどう対処してきたのかを説けば、最初、内裏《だいり》の昼《ひ》の御座《おまし》に祀《まつ》られていた宝剣を代用とした。それから伊勢神宮の神庫《ほくら》より新しい草薙の剣を選び、——これは平家の滅びから二十年と経ていない頃だが、「これにて三種の神器は揃った」とした。それでよい、となった。

なったのだった。

朝廷が一つであるうちはそれでよかった。

しかし二つに増えると事情は変わる。「おお、偽器ならぬ本物の神器の一つでもあれば。あれば」と希《こいねが》う勢力が現われる。そのような時代が訪れている。

とはいえ宝剣そのものの意思は別だった。旧《ふる》き草薙のその剣じたいが、再度、人の世に顕《あら》われたいと願っているかどうかは別だった。人間たちの事情など、頓着するはずもなかったのだ。初めから。

四　生の章

人間。人間。人間。

さあ、焦点を変えて続ける。

あるところに子供がいた。この子供は生まれたばかりだった。だから齢《とし》は一つだった。男子《おのこ》だったが、男であるか女であるか性別を確かめる以前に、産婆が悲鳴をあげた。母親も悲鳴をあげた。股間がどうこうなど目がゆかなかった。あまりに醜怪で、これはもう毀《こぼ》れた人体がひり出されたのだと思うばかりだった。毀壊《きかい》しきった五体がそれでも――どうにかこうにか――つながって、ひり出されたのだ。もちろん顔はあった。手足《しゅそく》があった。足の蹠《うら》もちゃんと付いている。しかし何から何まで、呪われているのだった。そのように呪詛された赤子が誕生することを母親はじつは予期していた。なにしろ呪いの主《あるじ》が自身の夫、すなわち赤子の父親だったから、ある程度覚悟を決めていた。が、ここまでとは思わなかった。想い描けていなかった。

そのために直視できない。

陰茎の有無など、しばらく確認できない。

ようやく多少の正視ができるようになった頃、子供はもう成長していた。母親はいやいやいやながら観察した。身を竦《すく》めながら、どのような子なのかを理解し描写した。たとえば、毛が生えていてはならないところが毛に覆われている。たとえば、左右が揃っていて、かつ均《なら》されていなければならない器官が、一対揃ってはいるのだが、ずれている。崩れている。たとえば、爪が生えていなければならないところに歯のような白い塊《かた》まりがある。母親は「ひっ」と言った。母親は「おお」と言った。こんな子供にも名前が付けられたが、それはただの幼名で、いずれ成人すれば名前は変わる。否、その子供は、自らこうした名前を名乗る。犬王《いぬおう》と。

ゆえに、この今も――ここからすでに、その子供の名前は犬王としておく。
犬王は、その家系の縁《ゆかり》は近江《おうみ》の国にあったが、京の都に生まれた。

五　音の章

壇の浦にいる子供はどうなったか。イオの一族の友魚《ともな》は寝込んだ。その子供、友魚は大事な二つを失ったことを理解した。一つめはもちろん父親である。横死した父親は戻らず、そのことは母親が枕もとで号泣しつづけることで確かめられた。いま一つ、失ったものはもちろん光である。こちらは床に就《つ》いた翌日、ぼんやりとだが視界には明かりが感知されたために、友魚は「治るのではないか。視力は戻るのではないか」と期待したし、母親も同様だった。むしろ母親のほうがこの希望にすがった。「お前の目は、今、靄《もや》がかかっているだけだ。そうだろ。そんなものは霽《は》れる」と言った。霽れなかった。幾日かが経ち、友魚は自分がまるっきり光を喪失したのだと知った。

ここには光がない、とつぶやいた。

ああ、ここには光がない！

しかし母親の声はあった。相も変わらず哭《こく》していて、それは夫が急逝したからだし子供は子供で突然に盲《めし》いたのだから当然だった。母親は「都から来た連中はその剣《つるぎ》を神器《じんぎ》だと言ったんだね。神器だと言ったんだね」と我が子に何度も確かめた。「そしてお前は手にもしたし、目にもしたんだね。いいや、鞘《さや》を払うほどに手にしたのはおっ父《とう》だけだったんだね。いいや、それを『手にしろ、目にしろ、ひき揚げろ』って命じたのは都から来てお前たちを雇った連中で、おっ父にしろもちろんお前にしろ、まさか草薙《くさなぎ》の剣だなんて思っちゃいなかったんだし、お前たちにはぜんぜん科《とが》はなかったんだね。ああ、なんてことなんだ。なんてことだ！」

その声がやたら響いた。

目から光が消えたら、やたらに友魚の耳が冴えた。どんどん、どんどん冴えた。おっ母《かあ》、と友魚は懇願した。そんなに叫ばないで。おっ母、耳が、耳が痛い。

痛いわけではなかった。自分の耳が変わろうとしているのだと、じき友魚は知った。病《やま》いの床から起きあがれた。体力も早々に戻った。歩けたが、何かを目当てにして歩を進めることはできなかった。なにしろ見えない。しかし音を探って、それでどうにかするという術《すべ》はたちまち身についた。人がどこにいるかはわかる。鳥が鳴いている。虫が群がって騒いでいる。葉叢《はむら》が鳴っている。そして人の声は、やたら大きいし、いちど耳殻《みみたぶ》の内側に入ったらやすやすは消えない。

母親が言った。

「なんであたしたち一家が、大昔の平家の合戦なんかに今ごろ翻弄されるんだ。今ごろ、今ごろ！　確かにあたしたちの一族は、先祖代々この壇の浦の海底を漁《あさ》った。その報いが、でも、どうしておっ父に。どうして息子のお前に。あたしの大事な二人だけに。二つだけに！」

夫の命と我が子の視力を指して、二つ、と言った。それから、

「そのわけをあたしは、知りたい。知りたい。探りたい！」と続けた。しかも始終、口にした。母親の声は前から聞こえて、耳殻の奥に転がり、すると後ろから聞こえた。左右から同時に聞こえて、ついには探れ、探れ、探れという指図に聞こえた。だから友魚は、うん、探ろうと言った。おっ母、杖《つえ》を用意して、と乞うた。頑丈な杖がいい、都まで保《も》つようなのがいいな。

「お前、京にのぼるのかい」

「諸国を旅しながら、のぼるよ」

「お前、もしも京の都に着いたら」と母親は言った。「いいかい、イオの一族であることを名乗るべき場ではちゃんと名乗るんだ。つまり、ただのトモナって賤《せん》の者じゃない、『イオノトモナ』だって名乗るんだ」

わかったよ、と答えたのは五百《い》友魚《おのともな》で、しっかりと杖の先端を大地について、その音に耳を立てた。コンコンといったしクックックッといった。ここには光はないけれど、ここにはこんなにも音がある。

六　霊の章

今までの百倍も千倍も音がある。そう思って友魚は行脚《あんぎゃ》を続けた。長門《ながと》から周防《すおう》、安芸《あき》の国。そういえばここには厳島《いつくしま》のお社《やしろ》が、と思い、耳をすませば、やはり人々はそこに詣でる話ばかりをしている。これから参詣して、何を願うかを語り、それともまたもうお参りはあって、どれほどのご利益《りやく》だったかの四方山《よもやま》話をしている。海中の大鳥居の不思議などを昂《たか》まった口振りで話している。友魚は、それらはしかし自分には無縁だと思う。なにしろ見られないのだから縁がないと思う。とはいえ参詣者たちの声、声、声がどんどんと耳殻《みみたぶ》の奥に渦巻いた。そこから二つ、謎めいたことが起きた。一つは、そういえば自分の声がすっかり変わってしまっているぞ、との認識だった。いきなりの失明の衝撃とそれに続いた聴覚の変容のために、どうしてもちゃんとは把握できないでいたが、友魚は声変わりの時期を迎えていた。他人《ひと》にものを尋ねる声が、ずいぶん低い。親切と施しとを乞う声が、やたら太い。おお、自分の声はこんな状態《ありさま》になっているのかと驚いた。音の聞こえ方が変わっただけではなかったのだ。今までの百倍も千倍もいろんな音がうち寄せるように——それこそ汀《みぎわ》の大波のように、うち寄せるように——なっただけではなかったのだ。その音のうちの一つ、この口から発する声が変化した。それはつまり、この世と声でもって、いいい、音でもって、いいいいい、どう関わるかが変わったということ。このことが、がらりと転じたということ。

そして謎めいたこととの二つめ。

「友魚、友魚」と声がした。

なんとも深い声だった。かつ懐かしい声だった。先日までは始終ともにあった声だった。

「おっ父《とう》。おっ父！」と友魚は声を返した。

「そうだ。わしはおっ父だぞ」

「おっ父は、死んだはず。死ぬのをちゃんと俺は見た。俺のこの目が、見えないことになる前に見た」

「そうなのだ。だからわしは現われたのだ。現われることが叶ったのだ。お前には見られないからな」

「見られないから出たの」

「出たのだ。しかし何時《なんどき》でも出られるわけではない。お前が路頭に迷わんとし、窮地に陥《お》ちんとしている場合のみ、わしは出る。つまりだ、お前は早《はや》路頭に迷いかけている。窮地に片足を入れた。厳島神社が、お前には無縁か」

「なぁに、おっ父」

「無縁だと思うか」

「俺、思ったよ」

「しかし厳島のお社を今ほどの隆盛に導いたのは平清盛《たいらのきよもり》ぞ」

「平家だ」

「また、厳島の明神は海の魚類《うろくず》と縁を結んでいるぞ」

「俺たちの一族みたいだ。イオの」

「お前はイオノトモナだぞ」

「うん。うん。うん」

「さあ、もっと耳を立てろ。お前の耳なら、聞きつけられる。誰かが、平家の話をしていないか。誰かが、平家一門の残党なんぞについて語ってないか」

　残党、残党と友魚は呻《うめ》いた。やがて平家谷という言葉が耳に入った。落人《おちゅうど》たちの隠れ里、平家谷、と。「あの門前にて」と語っているのだった。「琵琶を鳴らしている座頭《ざとう》は、凄いわい。知らぬ物語を歌いおった！　秘話のようなのを語りおった！　さながらどこかの平家谷にでも忍び入って、そうした譚《はなし》を拾ってきたのか。いやはや」

　拾うって——、と友魚は思った。——それこそ海の底から宝物《ほうもつ》を拾うみたいだな。潜って、平家や源氏のお宝を。合戦の遺《のこ》り物を。だから、まるでイオの一族みたいだな。うん。

七　餓鬼の章

　京の都に生まれた子のほうはどうしているか。醜怪な子供、犬王は命脈をつないでいる。どれほど異様な貌《かお》かたちに生まれついても、ものは食べられた。水は飲め、息を吸えた。また用便も滞《とどこお》らなかったから、すなわち生きられた。ただし、水は飲めることは飲めたが、母親はいちども犬王にじかには乳房を与えていない。乳を搾《しぼ》りはした。器に溜《た》めはした。しかしそこから舐《な》めさせた。吸わせた。まるで飼われた畜類の子のような養い方だった。が、一歳の時分から、また二歳となっても、這って、にじり寄って、犬王はそれを吸った。舌をぴちゃぴちゃ鳴らして舐め、こぼしながらこぼしながら口に入れた。生きようとしていた。事実、乳児期を生きのびた。

その次の時期、立てるようになり、歩けるようになり出すと、「さあ屋外《そと》で勝手にやれ」とばかりに大概の時間はほっぽられた。ただしその異形《いぎょう》を隠蔽するための措置はとられた。まず、顔には面《おもて》を着けられた。頭には頭巾《ずきん》をかぶせられた。手には手袋を。

こうして全身、覆い隠した。

当然、いちばん目立つのは仮面だった。これはどのようなものだったか。表情がないのだった。笑っていない。沈んでいない。睨んでもいない。老人ではない。老媼《ろうおう》でもない。若い女とも違う。青年でもない。鬼神でも。ただ、無の表情だった。ちなみに無ではない仮面であれば何枚も何枚も犬王の親が、また祖《おや》が持っていて、それは芸能の家筋であるためだった。

界隈の人間は言った。

「猿楽《さるがく》の家の子は、こうも稚《いと》けない頃から、面を掛けるか。掛けさせられるか」と。

また「これが習わしか」と。

また「習練か。芸の道、芸の道」と。

しかし夏場にも裸とならず、髪まで隠したままで市中《まちなか》に戯《たわむ》れているこの二歳児、三歳児の時分の犬王を、もちろん人々は不気味に思った。思いはしたが、声をかけようとすると、無の仮面が見返した。

八　面《おもて》の章

後《のち》の世に能および狂言として知られる芸能は、初めは猿楽といった。能および狂言は「猿楽の能」といった。これは猿楽に、能（と呼ばれているもの）以外の要素があったからで、たとえば人形操りの傀儡《くぐつ》などがそうだった。時代をさらに遡れば曲芸があった。奇術があった。

しかし次第に次第に、猿楽といえば「猿楽の能」と見做されだした。

ここでの能とはひと言、劇である。

さて、あらゆる劇が仮面を着用するわけではない。また、猿楽でも全員が面《おもて》を掛けるわけではないから――もっぱらシテと呼ばれる主役が掛ける――やはり面は特別なものである。

いつ、猿楽は面を用いるようになったのか。また、どうして用いるようになったのか。

神聖な翁《おきな》の舞《まい》にその源流があり、そこでは一座の長老が老人面を着けるのだが、この翁の舞にも源流がある、と言われている。仮面はどこから来たのか。追儺《ついな》の儀式から来たのだ、と言われる。この追儺とはもともとは宮中での大《おお》晦日《みそか》の夜の行事で、悪鬼を追い払う。別名は鬼やらいであり、宮廷から寺社に、民間にと弘《ひろ》まった。やがて節分の行事に変じていった。

宮中でのみの儀式であった当時、疫病の鬼すなわち儺《な》を払う役を演じる方相《ほうそう》氏《し》が、黄金の四つ目の仮面を着けていた。この仮面をもって変身した。一枚（の面）があれば、力のある者に扮せる、との認識が生まれたことから、「神聖な舞には、そして劇には仮面を」との発想、演出に至ったと考えられている。

興味深いのは追儺および節分の変遷で、仮面を掛けた方相氏は鬼の敵対者であったのに、いつしか方相氏のほうが鬼だ、悪鬼なのだと誤解されていった。すなわち面には力があり、それは善なる力であり、容易に悪に転じる。反転して理解される。

武家政権の拠点が京の都に置かれた南北朝期、「猿楽の能」はより劇化を進める。もっと劇らしいものに、もっと劇らしいものに、台詞《せりふ》があり物語があるものに、と。

この「猿楽の能」を今日《こんにち》知られている能に大成したのは、世阿弥《ぜあみ》である。

世阿弥は大和猿楽の一派である結崎座《ゆうざきざ》の家にやがて生まれる。

九　足の章

犬王は近江猿楽の一派である比叡座《ひえざ》の家に生まれた。座の棟梁《とうりょう》の子として生まれたが、何も芸を教わりはしなかった。何も習練を課されなかった。屋外《そと》に、ほっぽられていた。無表情な木彫りの仮面でもって顔をまるまる覆い隠しながら、勝手に生きろと強いられていた。

夏場、それは酷《こく》だった。

あるいは梅雨も。

暑気のぶり返す秋も。

素足になりたい、と犬王は思った。足袋《たび》はいやだ、と犬王は思った。下だけは剝き出しにしたい、下半身から足の蹠《うら》までは、いや、股はあきらめても膝下は——と切望した。そこまで覆って包まれていては、蒸れる、蒸れすぎる。不快すぎる、と「ううぅ！」と唸った。

犬王には兄が三、四人いた。いずれは誰かが比叡座の大夫《たゆう》になるのだと考えられていて、この者たちは幼時から稽古に励んでいた。長男、次男となれば子方《こかた》として興行にも起用されていた。都で、近江猿楽はその出身、伝統——すなわち芸風——を異にする大和猿楽と大いに競《せ》りあっていた。大和猿楽は四座あり、近江猿楽は上《かみ》の三座と下《しも》の三座があって、比叡座は上三座の筆頭だった。

この時代、他座を圧倒するのは比叡座だった。

犬王の父親が棟梁である比叡座が、近江の出か大和の出かを問わず、その人気で他を凌ぎつつあった。内容では、すでに凌いでいた。

なにしろ題材が新鮮だった。平家一門の滅びの物語から採られているのだが、どこにどう典拠があるのか、逸事が揃っていた。

素足になりたい、素足になりたいと切に願う犬王が、あるとき稽古場を覗《のぞ》いた。どうしてだかそうすればいいのだとの念《おも》いがあった。そうした信念が、まだ三歳児であり四歳児である犬王の身のうちに湧いていた。ほとんど言葉にもならず湧出していた。いいのだ、いいのだ、それだと。稽古場の屋内《なか》には入れなかった。だから覗き見て、兄たちがどうしているのかを観察した。優美な舞を練習していた。ああ、足だと思った。このとき、幼すぎて的確な言葉にはならなかったのだが——やはり言葉にはならなかったが——、好都合だと犬王は思った。稽古場には、笛の音《ね》があり、太鼓もあった。それらに合わせて、兄たちが足を踏み出していた。兄の一人は装束を着けていた。明日、興行があるので着用していた。その類いの美々《びび》しい装束を犬王は与えられたことがない。試しに着たこともない。美は、犬王からもっとも隔たるところにあった。むしろ犬王が美から隔てられていた。遠退《とおの》けられていた。兄たちが足を踏む、踏む、踏み出す。犬王は真似た。

稽古場の屋外《そと》で真似た。

きちんと歩行術を指導されて、兄たちの足の運びは優雅だった。

なにひとつ手解《てほど》きされず、その術を犬王は盗んだ。

足、足、素足、と歌いそうになりながら。あの素足、と念じながら。

すると、ある日、犬王の両足には変容が生じた。膝から下に。足袋を脱いでもかまわぬような尋常な足が、右と左とに生まれていた。

十　変乱の章

友魚《ともな》は二年で都に着いた。あるいはもっと要したのかもしれない。あるいは一年しか要さなかったのかもしれない。しかし光のないところに日数《ひかず》はなかった。友魚はただ単に「ずいぶんとかかったな」と思うばかりだった。

だが行脚《あんぎゃ》が容易ではなかったというのとは違った。なにしろ友魚には今や師匠がいた。この師匠についてあちこち経廻《へめぐ》っているのだから、壇の浦を発《た》ったばかりの頃よりたいそう楽になっていた。

師匠、とは琵琶法師だった。厳島に舟船《ふね》で至るための湊《みなと》にいた者だった。そこもまた参道だった。

ただちに弟子になれたというのとは違った。そもそも弟子となる心積もりも毛頭なかった。しかし琵琶法師を、光のない目路《めじ》に――闇のなかに――発見するや驚いた。まず、鳴らされる琵琶を発見したのだが、それが物語だった。次いで旋律に乗せられる声を、あるいは旋律も付されない剝き出しの声を発見したのだが、これが物語だった。楽器からの音《ね》も口からの声も物語であって、それが商われているのだった。それが商売の品なのだった。

しかも平家の物語だった。

平清盛《たいらのきよもり》の物語、その子ら孫らの物語、それから源氏の、木曾義仲《きそよしなか》の物語、源　義経《みなもとのよしつね》の物語だった。

何日も何日も、その参道で友魚は聞いた。実際のところ何日であったか、その日数はわからない。友魚を除いた聴衆には昼夜の別があったのだから、演奏もそれに合わせて行なわれ、数える手立てはあったはずだが、熱中していて数え損なった。話が壇の浦の合戦に至ったときには腰を抜かさんばかりになった。壇の浦だ、これは壇の浦のことだぞと驚愕した。

それが何日めのことだったのか、繰り返しになるが把握できていない。しかもこの琵琶法師が順々に全部語っているわけではないことも、（自分以外の）聴衆たちの雑談から把《つか》めた。名場面ばかりを語っている。聞き手の期待に添うものを珠《たま》のようにつなげている。あるいは聞き手の期待を裏切って「おお、耳新しい！」と唸らせる新場面を。珍場面を。平家の珍《めずら》かな裏話。秘話。

いったい、これらの全体の嵩《かさ》はどれほどになるのか。

総量にしてどれほどの物語をこの琵琶法師は抱えているのか。

想像できなかった。しかし、する必要はないとも友魚は悟った。聞きつづければ探れる。きっと、探りたいと思っていたし探らなければならなかったことを探れる。探れ、探れ、探れ！

聞きつづけるために従《つ》いてまわった。

「なんなのだ、お前は」と琵琶の持ち主から言われた。「盲人のあとを尾《つ》けて、何をしようとしているのだ」

「いえ、お話を」と友魚は言った。

「知らん、知らん。知らん」と言われた。

「俺も盲者です」と言った。

「知らん」と言われた。

追い払われつづけた。しかし友魚は心配しなかった。友魚は、いざ窮地に入《い》らんとしているときには亡父が現われるはずだし、その声は聞こえていないのだから安心だ、これはもう安全だと思った。きっと路頭には迷わない、と。そのとおりだった。あるとき、安芸《あき》の国のとある長者の邸《やしき》の宴席にこの琵琶法師が呼ばれ、内庭にて演奏を披露し、友魚がそれを庭の外で――門の外で――聞いていると、驟雨《にわかあめ》となった。琵琶法師は追われるように塀の向こう側の小屋に案内されて、しかし食事は供された。どうやら魚のようだった。それも焼き魚、煮魚と揃って並べられ、贅沢ではあるがどちらも骨付きで用意されているようだった。「魚《いお》かよう」と琵琶法師がこぼすのが友魚の耳に入った。雨音を通して耳に入った。「わしは、上手には魚類《うろくず》の肉はほぐせんのだ。骨を、ちゃんと外せんのだ。困ったのう」と。

そのとき友魚は声をあげた。「お師匠様。俺ならほぐせます。盲《めし》いてはいても、ちゃんと骨は取れます。目で見ずとも、ええ、どんな小骨でも」

「なんだと」

「魚《いお》のことならば絶対です」

「そう言って飯を掠《かす》める気か。盲者のわしを騙すのか」

「俺もそうですって。何度も言ってます」

「まあ、ほぐせぬ魚蝦《いおえび》は盗《と》られてしまっているも同然だ。ここは試してやろうか。のう」

「ありがとうございます」

そして見事にほぐした。

琵琶法師は感心した。「美味《うま》い、美味い！」と頬張《ほおば》りながら尋ねた。

「ところで、さっき、わしをお師匠様と呼んだな」

「あの、いえ――」

友魚は、――その理由《わけ》は、俺がいろいろと物語を教わっているからです、とは説明できなかった。うまい言い方が見つけられなかった。

「そうか、そうか。つまりお前は、なんだ、なんだ、わしに弟子入りしたかったのか」

「あの、――ええ、はい。そうです」

そうだったのだと友魚は納得した。

そうだったのかと驚きもした。

「ならば、そう申せばよいものを。それだけで、のう、すんだぞ」と琵琶法師は言った。

こうして友魚は弟子に迎えられたのだった。友魚はいろいろと師匠の世話をするのだった。もちろん最初にまず名乗ったのだった。五百友魚《いおのともな》と名乗ったら、苗字まであるとは大仰な、いずこの高貴な家の出だと笑われた。それからが二人連れ立っての旅だった。友魚は師匠の琵琶を担いだ。これはいいわい、身軽だわいと師匠は喜んだ。二人で杖をつき、二人でコンコンコン、クックッ、タンタタンと杖を鳴らした。琵琶の演奏は商売だった。だからあちらに足を停める、こちらに足を停める。湊に逗《とど》まる。そうそう速やかには上京に至らなかった。この間に友魚はいろいろと師匠に訊いた。お師匠様は、いずこかで物語を拾いましたか。平家の物語《それ》を拾いましたでしょうか。答えは、わしは大概は習ったぞ、だった。しかし、まあ拾いもしたかとも言った。友魚は、平家谷には足を向けられましたかと訊いた。すると師匠は、ああ、内緒だが行ったぞ、山伏どもがわしに銭《ぜに》を出したのだと言った。

「平家谷。おお平家谷！」と笑った。

「そこで、なにやら神器《じんぎ》についての物語は、拾われましたか」

「神器。神器とな。いや。そうした聖《きよ》い話は出なんだ。しかし珍話はそれなりにあった。お前の言《い》い様《よう》を借りれば、そこそこは拾えたのう。まあ、平家谷に潜った琵琶法師はわしだけではないからな、その他の輩《やから》ならば、もしかしたら神器に関しての物語、拾得したやもしれんな」

「そうした方々とは、どこで交われるものですか」

「簡単だわい。京の都へ行けばよい。そこに琵琶法師の座がある。幾座かある。わしにも所属している座がある。戻れば、いろいろと伝手《つて》はできよう」

しかし戻るのに時間を要した。気づけば二年が——あるいは三年かもしれないし、もしかしたら一年でしかないかもしれない歳月が経っていた。都は、戦乱の渦中にあった。もちろん争うのは武士と武士、二つが並び立っている朝廷のいずれかに付き、また同士討ちもしている武者たちの軍勢だったが、このときは南朝側が力を盛り返していた。すなわち、もともとは吉野に開かれた朝廷——南朝の拠点はその後転々とする——の軍が。

京の都はこの一時《いっとき》、南朝に奪われていた。

それでも庶民らは、日々を普通に生きた。

生きんとした。

だから芸能は芸能のまま、求められて楽しまれたし、歌舞や物語は商われた。

不穏さはもっと、もっと前からあった。友魚は、都にのぼり着き、師匠の座に紹介され、それから二つのことを知る。その一つ、幾年《いくとせ》か前に琵琶法師が連続して殺《あや》められるという奇怪《きっかい》で無惨な出来事が洛中に出来《しゅったい》していた。——恐ろしや、恐ろしや！　それから、いま一つ。この惨禍が生じるまでは、琵琶法師の主要な座は、京の都には三つあった。

今は、二座があるのみ。

友魚は、変声期を通過した自分の声にすっかり馴染《なじ》んだ。友魚は、この変じた声によって――または、その他の音によって――この世と、どう関わるのか、もちろん考えた。考えつづけた。しかし考えるまでもなかったのだった。

じつは、なかった。

友魚は力のある座の一つに所属して、声を活《い》かし楽器の音《ね》を活かすという、琵琶法師の修業に入った。

十一　瓢《ひょう》簞《たん》の章

さて犬王だ。どうなったか。

足をさらしてもよいとなると、うれしかった。足は左右の二つとも異形《いぎょう》ではないのだと知るたび、うれしかった。仮面は以前のままに掛けねばならない。また、頭巾《ずきん》でおどろの髪を隠蔽しなければならない。また、皮膚の色を見せ(これは白、黄、黒のどれとも違っていて、しかし鹿、狼、鼬《いたち》、貂《てん》に同時に似た)、異体《いてい》の乳歯を見せてはならない。にもかかわらず足袋《たび》は要らないのだ。手の覆いは必須なのに、足はそうではないのだ。両方の足が。二つの足がさらせるとなると、これらは活発に動いた。足がどうして醜なる状態《ありさま》から離れて美なる様相《ありさま》に近づいたのか、理由はわからなかったが経緯はわかった。稽古場での兄たちの習練を覗き見、そっと観察し、窃《ひそ》かに盗む。舞の、猿楽の演技の術《わざ》を盗む。そこで醜が、美に変じた。ならば転換はもっとありうるのではないかと直感して――この直感はしかしほとんど言語化はされなかった――、稽古をつけられる三、四人の兄の真似を誰にも見られずに続けた。誰にも強いられずに続けた。ただし念ずることは忘れなかった。たとえば「ひざ！」と。足が、それから臑《すね》が尋常になったのならば、次には膝、それも両膝。

膝も変容した。

犬王は、今や駆けた。裸足《はだし》になって二つの膝をも剝き出しにして、駆けられた。爽快だったし愉快極まりなかった。当然のことだが疾駆は犬王を家の置かれた界隈から引き離す。隣り近所では猿楽の面《おもて》を着用していても不審がられないが、少し離れればそうではない。そのことが四歳児、五歳児になった犬王には直感された。これは生きのびるための直感で、「だったら、おれ、かけるのは、ほかのオモテでもいい」との言葉には換えられた。他の面。普通に巷《ちまた》にありそうなもの。童《わらべ》がふざけて掛けそうなもの。

瓢簞《ひょうたん》があった。

目の穴を二つ刳《く》りぬき、それをかぶった。

「わははは。あははは!」と声をあげて、いかにも戯れる童子となった。駆けた。駆けた。もっと駆けた。直走《ひたはし》って右京にまで行った。朱雀大路《すざくおおじ》の向こう、荒廃した西の京へ。しかし人家はある。ぽつぽつある。集う者もいる。そうした者らのあいだで遊ぶ。たとえば旧《ふる》い、西の市《いち》の跡地だとの口伝えのある露天で。

ある日、遊んでいたら瓢簞が外れた。屈《かが》んだはずみで、すぽっと抜けた。顔をあげた。周りにいた子供たちが逃げ出した。大人も喚《わめ》いた。面白かった。

十二　瓢簞《ひょうたん》の章

右京に、妖怪が出現するとの噂が立つ。下半身は尋常な人なのだが、上半身が鬼である、とりわけ頭部が鬼魅《きみ》、その形相は醜悪を極めていて、目にした者で腰を抜かさないのはないらしい、との俗言が流れる。しかし他に悪さはしないのだ、と言われる。驚かして高笑いをするだけだ、と言われる。まさに妖怪だ、と言われる。

その妖怪の噂を友魚《ともな》も耳にした。

しかし友魚にはもっともっと大事な噂、追わねばならない噂があった。友魚のその耳は、普通の人々を恐れさせる幻妖《げんよう》のことなどは意に介さない。そもそも目にしたならば腰が抜ける化物を、盲《めし》いた自分は目にはできないのだ、無理《むり》強《じ》いされたところで見られないのだと知っている。まあ、真実それが鬼であって、出会えばたちまち貪《むさぼ》り喰らわれるというようなことも、あるかもしれない。が、憂《うれ》いは無益だと友魚は考える。

友魚が追わねばならないほうの噂は、今日《こんにち》ではほぼ消滅した琵琶法師の座に関連する。

今では廃《すた》れた座——そこにこそ、平家谷に潜ったらしい者たちが大勢いた。潜《ひそ》み入《い》ったらしい琵琶演奏の芸能者たちが。

が、数年前の惨事でおおかた殺された。その命、奪《と》られた。

すると同業者たちは推理せざるをえなかった。惨殺と直接の因果を結ぶのは、やはり平家の落人《おちゅうど》たちの隠れ里に入ったことなのではないか。だから他座の、やはり平家谷に足を運んだ例《ため》しのある琵琶法師たちは「——ないぞ。そのような経験《もの》、持っておらぬわ」と偽った。「おらぬ、おらぬ。絶対に入《い》っておらぬわい！」と命懸けで否《いな》んだ。

すなわち友魚は伝手《つて》をいっかな得られなかった。

伝手としての知己を得られなかった。

しかし噂はある。おまけに友魚には耳がある。それも、大事な噂を聞きつけられる耳が——左と右とに二つ、揃って——具《そな》わっている。巷間のさざめきを拾う耳である。たとえば、とある声が、

「その座の全員が殺《あや》められたのではないのだなあ。むろん、少々残ってはいるのだなあ」

と言っている。

とある声、とある口が。

たとえば、とある声が、

「まあ、大概の者は京の外に逃れおったわ。しかし、あの座の本所《ほんじょ》というのは、嵯峨野《さがの》の東にあってな」

と言っている。

とある声、とある舌が。

たとえば、とある声は、

「そこに一人、二人、いいや三人か、生きのびた琵琶法師どもが新月ごとに集まるのだ」

と囁いている。

とある声、まさに、とある囁きが。

盲人には新月も満月もないが、と思いつつ、友魚はこれは大事な大事な噂をつかまえたぞと思う。

やあ、確かめねば。

嵯峨野の東には某《なにがし》という寺があり、ここは鎌倉に武家政権の本拠が置かれていたその昔に勢い旺《さか》んとなって、それなりの大寺として知られたのだが、琵琶法師たちの「今は廃れた座」というのはここと関係を持っていた。そして、ここを当世の戦乱が焼いた。武者たちはわざと焼き払ったし、寺僧たちも鏖《みなごろ》しにした。寺僧たちは、いずれの勢力に味方するか、あるいはまた将軍その人につしたらよいか将軍の弟足利直義《あしかがただよし》の勢についたらよいか、等の読みを誤ったらしかった。

しかし将軍その人の名も弟の名も、今の友魚には関係がない。ないのだが、ここをめざした。この廃寺を。

そのためには西の京を抜け、桂川《かつらがわ》も間近にしなければならない。杖をついて進んだ。茂った薄《すすき》の野原の、しかし人跡があることはある小路を友魚は歩んだ。

友魚は音を聞きながら歩んだ。

友魚は声を聞きながら歩を移した。

と、どうやら前方に七、八人の童《わらべ》がいる。しかも悲鳴をあげている。

「瓢簞《ひょうたん》が出る、瓢簞が出るぅ！」と言い、叫びながら友魚の両脇を走り抜けた。

ひゅっと音がした。風音まがいの響きがするほど必死に駆けていた。

その音、挙《こぞ》っての悲鳴、そして「鬼が！　薄の原っぱから！　小鬼が！」との声。

それから続いて友魚の耳殻《みみたぶ》の奥に響いたのは、声しか持たない者の声だった。父親の声だった。

「友魚、友魚」と滅多《めった》には出ない亡父が言った。

どきりとした。——ならば鬼は本当に剣呑《けんのん》だったのか。剣呑だからおっ父《とう》は出たか。俺はこれから、喰らわれてしまうのか。

——さ、とっとと逃げねば！

「違う、違う。そうではないのだ」と声は慌てて言った。「それこそが駄目だ。怖《お》じるな、ここにとどまれ、踏ん張っていろ！　それから鬼に嚇《おど》かされてしまえ！」

「どういうことだ、おっ父」

「いいか。現われるのは妖怪ではないぞ。そして、いいか。たとえ妖怪なのだとしても、お前には味方する」

何かが飛びだした。前方のやや横あいから、薄をがさがさ鳴らして飛んで出た。「あははは！」と言った。「ヒョウタンだぞ！」と言った。「このヒョウタン、外してしまうぞ！」と言った。多少ならず友魚はぞっとした。声は、仮面の下にあるもののように曇《くぐも》っていて、それから抜けるような響きに俄《にわ》かに変じた。面《おもて》か何かは取られたのだ。

そして待っている。反応を待っている。

友魚が「ひゃあっ！」と叫ぶのを、あるいは恐怖して大小便を泄《も》らすのを待っている。

あははは と笑い声を立てもしながら、待っている。

その発させている声の、音の高さから、——ああ、この鬼は背《せい》がちっこいぞ、まことに小鬼なのだぞと友魚は感じ取る。

「——悪いが、俺はどうにも腰を抜かせん」と友魚は言った。「本当に悪いが、俺は見えんのだ。何も、なぁにも」と言い、それから杖の先端を振って示した。

笑い声はぴたりと止まった。

「じゃあ」と相手が言った。「ヒョウタンだって、いらねえじゃねえか。そもそも」

「だな。そもそも」と友魚は言った。どうやら俺は、嵯峨野の東までは赴かないらしいなと直覚した。

十三　名の章

こうして二人が出会った。

よって、これ以降はどちらか一人を語りながらも、同時に友魚《ともな》と犬王について語れる構えともなる。が、当面の焦点というものはおおむね、つねに片側に絞られる。そうした際には友魚（の側）を採る。なぜならば、友魚の物語を追う行為《こと》こそは、じき、犬王の物語を膨らますからだ。むしろ犬王のそれを釈《と》き、犬王の生涯に添うからだ。

さてその友魚だが、しばらくして改名した。

もしも出身に由来する在名《ざいみょう》というのを芸名の——琵琶の演奏者としての名の——一部に用いていたならば、五百《い》友魚《おのともな》は壇ノ浦友魚《だんのうらのともな》となっただろう。出自の海である壇ノ浦（壇の浦）を苗字の代わりとしただろう。が、まだまだ苗字を冠して呼ばれるほどではなかった。が、いっぽうで所属する座からはやばや名前をもらっていた。その座中の演奏者は、名に「一《いち》」を付ける。上京してから二、三年後に友魚は名前を変えたのだった。友一《ともいち》と。

よって友魚の物語は、これ以降、友一の物語である。

さしあたって焦点を据えるのは、友一の物語である。そこにたびたび犬王が加わる。滑らかに。

では友一だ。

友一は、辻々《つじつじ》で稼いでよい一丁前《いっちょうまえ》の琵琶法師になった。すると、やたらと人気を集めるのが早かった。「なかなかに演奏に優れるわい」と評判をとり、「いや、なにしろ語りに優れるわい」と言われた。こうした声の他、ただ単に採りあげる曲が面白いのだとも評された。平家に因《ちな》んだものしか演《や》らなかった。平家であれば完璧に知ると言われた。余人の知らない記録まで知るのではないかと取り沙汰された。友一は、これを問われると、

「それはない」

と言った。

いわば友一は都の市中《まちなか》にて、また座中にて頭角を現わし出していた。いかにして、そんなことが可能だったか。犬王と交わったからだとしか友一には言えない。それも深い、深い交わりであって、友一は「あれは盲《めし》いた俺の無二の朋《とも》だからな」と即座に断じえた。齢《とし》は離れている。十《とう》はゆうに離れているだろう。が、対等だった。年少である犬王には強《した》たかさがあった。非運は嘲笑《あざわら》えばよいと考えていて、恵まれていないのであれば足りない分を奪《と》ればよいと考えていた。奪れないあいだは歯噛みして、歯噛みして、唸ればよいと目《もく》していた。さながら獣《けだもの》で、友一には学ぶところも多かった。しかし実際に友一が——琵琶の演奏者としての友一が——学んだのは、平家だった。

その物語を多々教わった。犬王から。

秘話を多々教わった。犬王から。

そうなのだ。犬王から。

「俺の兄者《あにじゃ》らがな」と犬王はあるとき説明した。「いろいろと教わってる。いろいろと芸を仕込まれてる。俺はそれを盗《と》ってる。すると、だんだん滲《し》み込んできた。俺の体を歓ばせているもの、ぞ、く、ぞ、く、って心地好《よ》さげにさせるもの、それは平家の物語だ」

「お前の体とは、なんだ」と友一は訊いた。

「大変な大変な体だ。ははは!」と笑った。

「お前は、醜いのか」

「俺はなあ、穢《きたな》いんだ」

「本当か」

「嘘だ」

「どっちだ」

「どっちでもある」と犬王は考え考え、友一に回答した。その答えっぷりは真摯だった。「俺はたいそう恐ろしい容《かたち》だった。これは間違いない。全身がそうだった。これも間違いないんだが、俺は生まれたときのまんま、今に至るまで生きてるってわけでもねえ。俺は当年八歳か、九歳か、あるいは、もっとなんだけれども、たとえば左の手腓《たこむら》はきれいだ。右の掌《てのひら》なんて本当にきれいだ。まあ、顔はまだまだだ。顔は。俺の鼻茎《はなばしら》は、一本かどうかも断じられねえ」

「異貌なのか」

「今もまぁだまだ、瓢箪《ひょうたん》の面《おもて》をかぶって、脱いで、人を卒倒させられるぜ」

「凄いな」

「そうも凄いから、誰も口をきかなかった。俺とは。瓢箪以外の面を掛けてても、誰も寄らなかった。俺には。そんな俺がべらべら、べぇらべらとこんなに話してる」

「お前のする譚《はなし》が、どこまでも面白いからなあ」

「そうなのか」

「ああ、そうだ」

源平合戦の逸話を、ここで拾えるのだと友一は思っていた。俺は犬王に、潜い、い、い、れるのだ。

この大きな発見。

十四　当《とう》道《どう》の章

ところで琵琶法師の座について、この辺で説明が要る。友一の物語はそうしたものの物語でもあるのだから必要とされる。興行（興行権）のために座があり、また、流派の違いがあった。流派が違えば、抱える「平家の物語」が変わった。

しかし、ここにも大成者は出現する。猿楽（能）の世界に世阿弥が生まれたように現われる。

琵琶法師の芸名のうち、友一と同様に名乗りの末尾に「一《いち》」を付けたのを一《いち》名《な》という。この一名で、もっとも知られた人物は覚一《かくいち》である。位階を添えれば覚一検校《けんぎょう》。

この覚一検校こそは、琵琶法師の座――南北朝期の後《のち》も数百年続いた座――の大成者だった。

作り上げられた組織を当道座《とうどうざ》という。

その座には当道座という名がある。

しかし元来は、当道という言葉は座を指してはいなかった。この二文字を素直に読めば、「この道」の謂《い》いになる。この道、この芸能の道。それが琵琶法師の場合には、自らが専門とする『平家の物語』の演奏の道」となった。

そして京の都にはこうした意味での当道を商売とする数派が分立、それぞれが座として機能していた。室町幕府が開かれる遥《はる》か以前からそうだった。何十年も前から。

しかし、友一が上京した頃にはこれが実質、二座にまで減っていた。

数座が二座に減ずれば、いっそ一座にまとまってしまったほうがよいと考える者がいる。その考えた者、考えた盲者というのが、誰あろう覚一検校だった。

当道座では、最高位にいるのは検校、その下には勾当《こうとう》がいて、さらに下位には座頭がいる。こうした盲人芸能者用の官位をつけ、管理することによって「職業」を保護した。保護をするためには、言わずもがなだが権力に守られる必要があった。

ある言い伝えでは、覚一検校は足利尊氏《あしかがたかうじ》の従弟《いとこ》だったとも説かれている。結局、当道座は足利将軍家のその管理のもとに置かれるようになる。大いなる座の誕生。その前に、覚一検校は平家の物語の正本《しょうほん》というのをまとめている。すなわち、これこそが正しい本と。

言い方を換えれば、他の本は忘れてもよいと。

その他の逸話群はもはや削られたのだから——正本に収められなかったのだから——無用であると。

諸座はこうした経緯《いきさつ》を経て統一される。統一されたものが当道座となる。「この道」を意味した当道が、その座の名となる。

が、それまでにはもう少々の歳月が要る。

この友一の物語は、いまだそこには至っていない。

十五　十《と》歳《とせ》の章

至らせるために物語をひと息に進める。

　十年が過ぎた、と宣してみる。

　そのように十年が経っても、例の座、当道座の正本の成立には四、五年の間《ま》がある。そうした間がありはするのだが、すでに友一の物語において事態は決定的に動いている。何がそうしたか。犬王だった。犬王のほうの消息《なりゆき》が、だった。

　犬王がこう言ったのだ。

「友一、俺は舞台に立ったぞ」

　とこう言ったのだ。

　さらに、詳細に、

「うちの比叡座《ひえざ》の興行で、一曲、務めたぞ」

　と犬王は言った。

「おお、それは凄い」

　と友一は言った。

「今では俺は、だいぶ穢《きたな》さから離れた」犬王は続けた。「どの程度離れたのか、盲《めし》いた友一のために語ろうか。俺はな、猿楽のきちんとした面《おもて》を着ければな、『おお、あの演じ手は、舞い手は、謡《うた》い手は麗しいわ』と言われるまでになったのだ」と続けた。「この一番のシテは美麗だと讃えられたのだ」

「凄い、凄いぞ」

「俺は、兄者《あにじゃ》たちを蹴落としはじめたぞ」

「凄いぞ！」

「が、本当の凄さには、あと一歩。あるいは二歩か、三歩か、足りねえ」とも犬王は続けた。「そのために俺は、いいか友一、猿楽のまさに凄い曲を作る。

それも平家の物語をもって作る。俺は、そうだ――」と続けた。「――何曲も作る」

劇である「猿楽の能」は、その一作品を一曲または一番という。歌舞（の劇）ゆえに、曲と数える。そして犬王は今、何曲もと宣言した。俺は何作品も創造する、産むと。

産むと。

「友一」

「なんだ」と盲者の友一は答えた。

「お前は、そしたら」と美々《びび》しさに接近しはじめた犬王は言った。

「なんだ」

「俺のことを琵琶の曲にしろよ」

十六　霊の章

一つ、焦点を変えた話を挿《はさ》む。しかしたちまち友一を加える。

あるところに亡霊がいた。もともとは壇の浦に暮らしていた生者《せいじゃ》だったが、企みに陥《お》ちたかのように頓死した。あまりに予想外の死だったので、この世に残した家族が案じられて案じられてならず、しかも現世の状況《なりゆき》を観察しつづけるや、息子がじき失明してしまい、諸国行脚《あんぎゃ》というのに出たので、成仏はしないでこれを見守ることに決めた。安芸《あき》の国で大事なことがあったので、きちんと声をかけた。「友魚《ともな》、友魚」と言った。目路《めじ》に光を失ってもの、の見えない息子は、見えない魄霊《もの》の声が聞こえた。だから「おっ父《とう》。おっ父！」と言葉を返した。息子が、都をめざしていることは了解された。息子が、父親すなわち自分がどうして斃《たお》れねばならなかったのか、自分すなわちイオの一族の友魚がどうして盲目になる必要があったのか、それを探らんとしているのだということは了解された。亡霊としては「そんなことは、友魚よ」と言いたかった。「一族はずっとずっと長いあいだ、源平合戦の海中の遺財に養われてきたのだから、これはまあ、ありうる代償だったのだろうよ」と言いたかった。「達観せい」と言いたかった。が、息子すなわち友魚が、母親すなわち自分の女房の言《げん》にどうにか順《したが》わんとして行動を起こしたのだとも承知されていたから、折《おり》あれば助言した。そこだ、ここだ、ここだと案内した。

が、死んでから十年が経ち、それ以上が経ち、遠からず二十年にも垂《なんな》んとするのではないかという時節に至って、二つ、この亡霊の身に——とはいえ亡霊に生身《しょうじん》の「身《からだ》」はないのだが——重要なことが起きた。一つめは、女房も亡霊になったことだった。

「あんた、あんた」と亡霊のかたわらで声がして、「おお、お前、お前か。お前もここか」と尋ね、わかったのだった。

「あたしが悲しみすぎて半狂乱になったから、友魚は上京なんてしちまって。『では、探ります!』なんて健気《けなげ》に」

「便りはあったか」

「便りは何度か、あったねえ。なにしろ盲《めし》いた身だから代筆の便りで、文字《もんじ》の読めないあたしはそれを人に読んでもらったねえ」

「うれしかったか」

「うれしいけれど、寂《さみ》しかったねえ」

「寂しいから、逝《い》ったか」

「そういうことだねえ」

「よし。お前は成仏しろ」

「はい。そうするよ」

亡霊は後生《ゴシヨウ》デ待《マ》テと女房に伝えた。それから、重要事の二つめがあった。ふだん、声になって息子の前に現われるのは亡霊のほうである。前、とはいっても息子はものが見えないのだから、実際には耳もとに現われる。ところがここ十年、出づらいことになっていた。「友魚、友魚」と呼ぶのだが、答えない。改名のせいだった。「友一、友一。おい友一よ」と言わなければならないから、調子が出ない。わしの息子はイオノトモナであって決してイオノトモイチではないぞ。ああ、どうしたらいいか、どうしたらいいのか、と悩んでいたら、ある日呼び出された。息子のほうから呼びかけられた。

「おっ父。おっ父」

初め、返事をしなかった。

「おっ父、おっ父！　なあ、ちょっと出て。俺のために、今、この世に出て」

「なんだ、なんだ」とさすがに答えた。

「なあ、おっ父の周りに」と息子が、すなわち友一が訊いた。

「周りに、なんだ」と亡霊は訊いた。

「他に、いろんな御霊《みたま》は、いるの。いるかい」

「なんだ、そんなことか。いろいろといるな。新霊《あらみたま》はしょっちゅう来る。それと生霊《いきりょう》もだ。こういうのは怨んで、この世とあの世のはざまに出る。わしとも見《まみ》える。ああ、それから、怨み骨髄に入《い》ったのが当然いるぞ。うじゃうじゃと彷徨《さまよ》って、なあ」

「それって怨霊か」

「怨んだ死霊《しりょう》なのだから、もちろん怨霊だ」

「増えてないか」

「なんだ、なんだ」と問いの意味がわからず友一に尋ね返した。

「京の都にのぼってきてさ、琵琶法師たちと交わるようになってさ、あぁ、つまり俺が交わるようになってさ、俺が琵琶法師になってさ、それがために、おっ父が相見《あいまみ》えるのも増えたりはしてないか」

「言われてみれば、そうだ。増えた。しかし、戦乱の都に怨霊が多いのは然《さ》もありなんだろう」

「けどな、おっ父、琵琶法師の怨霊っていうのはどうだ。そういうのが多いのは然もありなんか」

「なんだ、なんだ。友魚」

「友一だよ」

「そうだった。友一、なんだ」

「怨み死にしてる琵琶法師がこうも多いのは、都では然もありなんか」

「どういうことだ」

「いないか、おっ父」

「おお、いる。いる」

「十年どころか二十年に垂《なん》んとして、この世とあの世のはざまで迷い歩いている怨霊が、いるし、響いてる琵琶の音《ね》が、それから調絃のための簫《しょう》とか一節切《ひとよぎり》とかの音も、もしかしたら、あるだろう」

「おお、あった。あった」

「だろう。だろう」

「いるぞ。いるぞ」

「いちばん多いのは、どこだい」

「おお、おお。これは猿楽の――比叡座《ひえざ》の、稽古場ではないのか」

「いちばん多いのは、誰の周りだい」

「おお、おお。これは」

「犬王の周りかい」

「犬王の周りだ。こんなにもいるのか。亡霊同士で語りあった例《ため》しなぞ、さほどなかったわい。もともとの縁《えにし》がなければ、全然なかったわい。ああ、そうだ、友魚よ。いやいや友一よ、お前のおっ母《かあ》は死んだわい」

「なんだって！」

「しかし成仏した」

「なら、いいや」

「ほほう。これらの琵琶法師の怨霊どもは、『こ、こ、こんなにもではない。今では減った』と語るぞ。わしに語ったぞ。『それなりに成仏した』とわしに言ってるぞ」

「やはり。やはりか！」

「ああ、そうだ、友魚よ。いやいや友一よ。わしを呼び出して、お前はこうしたことを知りたかったのか」

「そうしたことを確かめたかったんだ。犬王に成仏させられてる怨霊が、ちゃんといる、ちゃんといたんだってことを、そうなんだ、俺はしっかり確かめたかったんだ」

「うぅ」

「それを確かめたかったんだ。俺がこれから、犬王のその、、、、半生を平家の物語に──俺のための当道《このみち》に、新たな章として組み込むために」

「それは、なんだ。それは、どういうことだ。ああ、苦しい。所縁《ゆかり》のない怨霊どもと語るのは、ああ、ああ、消耗するぞ。ああ、どうにも苦しい」

これが亡霊の身ならぬ身に生じた重要事の二つめ。亡霊は、壇の浦が恋しいと思った。京の都は、あの海から遠すぎると思った。地上の道程《みちのり》のことには無頓着だったが、そうなのだ、遠すぎた、遠すぎたのだぞと今さらながら思った。成仏の汐時《しおどき》だ、そう思った。

十七　琵琶の章

さあ、ふたたび友一の物語である。

この物語は、走る、疾《はし》る。

盲《めし》いた琵琶奏者としての友一の進境はいちじるしい。座中に弟子さえ持ちはじめた。技法と物語を伝授すらした。が、もちろん市井での商売がもっとも大切だった。寺社が浄財を募るための「平家」興行にたびたび起用されもした。今や、在名《ざいみょう》を冠されていた。壇ノ浦友一《だんのうらのともいち》、と。しばしば在名のみで壇ノ浦殿と呼ばれていた。壇ノ浦殿があのお社《やしろ》の鳥居のもとで演《や》るぞとなればたちまち人が集まり、あの寺の境内で、あの大路小路の辻で、となっても同様だった。みな、聞いた。

こんな平家もあるのだなと聞いた。

こんな平家があったのかと聞いた。

新しい平家も、あるぞ、あるぞと聞いた。

新曲なのだと聴衆は理解していた。この琵琶法師の壇ノ浦殿が、壇ノ浦友一が創っているのだ。しかも大昔に了《お》わってしまったのではない出来事を。百七、八十年前の逸事ですらない、当世の逸話を。わずかに二十年前か、それにも満たないほんの十七、八年前を発端とする出来事を。おまけに、譚《はなし》はいぜん続いているのだ。なにしろ主役は、比叡《ひえ》座の棟梁の息子。あの人気の近江猿楽の、大夫《たゆう》の子。いや、その棟梁にして大夫が先ごろ横死を遂げたから、犬王は今では比叡座の棟梁の息子ではない。元棟梁のそれであって、亡き大夫のそれである。しかも、もう大夫にのしあがらんとしている。その地位が近い。兄が三人か四人いるが、技倆《ぎりょう》も評判もまるで及ばない。

そして、その評判を高めるのに、じつのところ友一の琵琶がひと役買っていた。

友一が、犬王とはこう生まれたぞ、と語っていたから。

琵琶法師の壇ノ浦殿が、こう生まれたのだし、こう肥立ち、そして現在はこうだ、こうだ、ほら先日の新作の発表で、こうなったぞ、と追っていたから。

犬王の生涯、すなわち現在も——まさに日々——進行している生涯を。

「そんな馬鹿な話があるか」と人は言う。「信ずるな!」

「こんな恐ろしい話があるのだ」とほとんどの人が言う。「噫《あな》、恐ろしい。面白い。信じろ!」

友一は、犬王を琵琶で演《や》るのに当たって、——ああ、おっ父《とう》よ、俺は自分の父親《てておや》がおっ父でよかったよ、と胸のうちで言った。声に出して言いたかったが、もう応《いら》える亡父の声はないのだった。霊であった亡父は永久《とこしえ》に消えて、それはたぶん、お前はもう路頭に迷わないぞとも予《あらかじ》め言ったに等しいのだった。お終《しま》いのお終いの霊言を残したのだった。——しかし不思議だったことよ、とも友一は思った。亡霊には「さあ厳島《いつくしま》だ、寄れ」とも「さあ上半身だけが鬼の妖怪だ、会え」とも言える助言力がありながら、しかし何もかも見通せるわけではない。なかった。わかることがあり、わからないことがあり、ここに平家だ、あそこに平家だと指せはしても、ほとんど因果は釈《と》けなかった。

それが亡者《もうじゃ》であるということか。

不思議、不可思議。

——が、いずれにしても、よいおっ父だったな。友一はそう思う。そして、いっぽうで非道の父というのは、やはり犬王のものだなと思う。——息子を犠牲《いけにえ》にできる親。

壇ノ浦殿として知られるようになった友一は、犬王の物語を演奏する。乞われて（それも聴衆から大いに乞われて）琵琶で物語る。すなわち友一の物語は、ここでは犬王の物語となる。おお、なった。もしもこの曲が口述筆記してまとめられるのならば、と友一は考える。しかも「平家なのだ」と理解されつつ録《しる》されるのならば、複数の章がまとめられて、これは一巻とされるだろう。特別な一巻とされるだろう。

名は『犬王の巻』だろう。

さて、それではその子は、犬王は、どう生まれたのか。壇ノ浦殿こと友一の、壇ノ浦友一の琵琶にて、どう語られたか。

いかに語られ出したのか。

十八　術の章

こう語られ出した。

「親がいたのだ」と語られ出した。「――親がいたのだ、父親がいたのだ。おお、どんな者にも親がいる。なんとなんと、母は当然いるが、父がいる。父！この父が、頂点というものを望んだのだ。いやいや、叛臣《はんしん》になろうとしたのではない。野心を抱いて天子の威光に叛《さか》らい、朝廷を滅ぼそうとしたのではない。この父親は、決して平将門《たいらのまさかど》や藤原純友《ふじわらのすみとも》、源義親《みなもとのよしちか》、藤原信頼《ふじわらののぶより》、さらに格別ちゅうの格別の平清盛《たいらのきよもり》らには連ならないし、なにしろ出が違う。出自のどこにも、平氏だ藤氏だ源氏だといった氏《うじ》の印《しるし》はない。ないどころか、ただの芸能者だったのだ。しかしながら芸の道とは美の道、その美において頂点を窮《きわ》めたいと、この父親は願いに願い、願ったのだ。

いわば賤《せん》なる者の切なる願い。

この父は近江猿楽の比叡《ひえ》座《ざ》の家に生まれていた。日吉《ひえ》山王《さんのう》神社に参勤した。ここでの祭礼に、座ごと出仕した。同じように神事に奉公するのが比叡座を数に入れて三座あった。比叡座、山階《やましな》座、下坂《しもさか》座だ。これらが近江猿楽の、上三座だ。下三座は、多賀《たが》のお社《やしろ》に仕える敏満寺《みまじ》座、大森《おおもり》座、酒人《さこうど》座。このうち、都でも活躍するのは上三座だった。いっぽうで畿内諸国に猿楽の座というのはあったから、競う相手は同じ江州《ごうしゅう》の山階、下坂の両座だけではない。なかでも強敵は大和の四座。すなわち春日《かすが》のお社と多武峰《とうのみね》とに参勤する結崎《ゆうざき》座、外山《とび》座、坂戸《さかと》座、円満井《えんまんい》座。おお、結崎座は当世では観世《かんぜ》座となっている。あの大夫《たゆう》、なかなかの至芸で知られる観阿弥《かんあみ》というのが登場して、座名を観世としている。

まさに鎬《しのぎ》を削っていたのだ。そして頂きを窮めれば、得るものはそれはまあ大きい。なにしろ猿楽が、『猿楽の能』が巷間もて囃《はや》されていることに間違いはなかった。ここで一頭地を抜けば、その身分卑《ひ》賤《せん》な芸人として未曾有《みぞう》の出世にも至れよう。これは心の底からの望みだった。そして心の底からの望みというものは、人に、出してはならない術に手を出させる。験術《げんじゅつ》だ。いいや、異術といってよい。なにしろ異国《とつくに》から渡来した。

これは猿楽そのものとも関わるのだ。今では猿楽は劇であり、つまり『猿楽の能』だが、以前はどうだったか。傀儡《くぐつ》が含まれた。だから操り人形を舞わせていた。それから輪鼓《りゅうご》や八玉《やつだま》などの曲芸が含まれた。また、品玉《しなだま》などの奇術が含まれた。その昔、猿楽は散楽《さんがく》といい、さらにそのまた昔、散楽は百戯《ひゃくぎ》といったのだ。これは大陸から渡ってきたのだ。唐土《もろこし》伝来だ。

百戯とは、字のごとし、百種に及ばんとする雑多な芸の謂《い》いだった。しかし百戯は散楽となり、散楽は猿楽となり、猿楽は今日《こんにち》ではもっぱら『猿楽の能』ばかりが好まれるのだから、その百種のほとんどは消えた。あるいは他の芸の道に取られた。ほとんどの軽業《かるわざ》がそうだった。ほとんどの幻術がそうだった。しかし全部が消え失《う》せたのではなかった。そもそも『失うのは惜しい。否、人目にさらすのも惜しい』と判断されて、異国《とつくに》からの伝来直後に封じられ、密《ひそ》かに相伝され、当代に伝えられたという一、二種もあった。これこそは真《まこと》の妖術だった。

やすやすと芸を窮めるために、魔性のものと交渉してしまえばよい、との術」

十九　生の章

術。

「当代に伝えられたと言ったが、今はない。一、二種があったと言ったが、たとえ二種あったのだとしても全部失《う》せた。なにしろ近江猿楽の比叡座《ひえざ》の家に生まれたその男は、『これで最後』と術を用いた。『この時代で継承なんぞは絶えてよいから、俺のために一等の魔性のものを。まさに一等の、最上の効用を。この術が個の技倆のため、この術が座の繁栄のためであるならば、併せて淆《ま》ぜて、ただただ、俺が比叡座の大夫《たゆう》として、比叡座とともに今生華《こんじょう》やげるものを！』」と。

すると応《こた》えるものが応えた。

『華やげる才能がほしいのか』

才能、と問われて男は興奮した。

『おお、ほしいのだ。俺は芸を窮《きわ》めたいのだ』

と言った。

『芸を窮めたいのか』と問われた。

『窮めたいのだ』

『美を窮めたいのか』と問われた。

『窮めたいのだ』

『いろいろと犠牲《いけにえ》が要るぞ』

『出すのだ。出すのだ』

『さて尋ねるが、お前の追求する芸能の道で、今世《こんせい》の流行《はや》りとはなんだ』

『今世どころか、元暦《げんりゃく》年間のあの壇の浦での平家滅亡爾来《じらい》、語られているのは平家の物語ばかりだ。歌舞でも然《しか》り。劇は当然』

『その劇は多いか』

『まだ少ない』

『それがほしいか』

『ほしい』

『しかし題材が要るのではないか。人の感興をそそりにそそる逸事、逸話が』

『ああ、要る。要る』

『ならば尋ねるが、今の時代、もっとも平家の物語に通ずるのは何者だ』

『それはもう座頭《ざとう》だ。琵琶法師だな』

『何人もいるのか』

『何十人もいるぞ。それどころか百人、二百人。そうだ、ゆうに二百人は数えて、ああ、現代の洛中には見出せるぞ。琵琶法師の座というのも、有名どころで三つは数えられるぞ』

『どの座がもっとも平家の秘話を知るのだ』

『今であれば、あの座だな』

『その座には、座頭が、何十人もいるのか』

『ああ、いるぞ』

『それらの命がほしいわ。その座、お前が狙い射《う》て。その座、お前が滅びに導け』

『おお。おお』

『さあ、さっさとしろ。さっさと平家の物語より力を借りろ。それで犠牲《いけにえ》が足りるかは、貪り喰らって後《のち》、告げる』

　これが語らいだったのだ。これが交渉だったのだ。そしてこの男の、なんとしても頂点を窮めたいとの願望は本物だったのだ。そのために迷わず、殺す。殺す。琵琶法師を連続して殺《あや》めた。なにしろ、今よりも遥かに乱世だ。朝廷が二つに割れているのは今も同様だが、武者たちがあちらに加勢したかと思えばこちらに味方しているというのも同じだが、将軍殿の麾下《きか》ですら一枚岩ではなかった。しょっちゅう内紛《うちわもめ》を起こして全国の規模で紊《みだ》れに乱れた。そうした折《おり》だから、そうした折の洛内だったのだから、人殺しにもいろいろ細工できる。『ほほう、武士の諍《いさか》いの、その累《るい》が及んだか』と見せかけられる。繕《つくろ》えるのだから、殺した、殺した！　しかしまあ、当の盲人たちのあいだでは噂となった。盲人たちは震撼《しんかん》した。謂《い》うところの『平家座頭』ばかりが命を奪《と》られているぞ、かつ、あの座ばかりが狙われているぞ。恐怖、恐怖！

そのように恐怖の底に陥れて、男は殺した。ああ、殺した、どんどん殺した！

『どうだ、これほど犠牲《いけにえ》を捧げれば』

と魔性のものに言った。

すると『なかなか、よいぞ』と応えが返った。

男は歓んだ。

『ならば、満ち足りたのだな』

『ああ、あと一つで、足りる』

『あと一つ、あるのか』

『小さい一つだ』

『小さいのか』

『お前の妻は孕《はら》んでいたな』と問われた。

確かに男の妻は身重《はらぼて》だった。また、夫すなわち男の願いを知っていた。知り、芸能の世界で頂きに立てる者になれればよいとも女自身が念《おも》っていた。そうした類い稀《まれ》な主人を持ちたいと。

男は『そうだ。ほどなく臨月だ』と答えた。

『お前は、美を窮めたいと言った。だから、その子をくれ』

『死産させるのか。産み流しか』

『いいや、いいや。生まれる前の子供の、無垢《むく》の美だ。穢《けが》れのなさのその全部だ。そいつをくれ。お前の窮めたいものと引き替えにして、犠牲《いけにえ》に捧げるのだ。さあ、できるか。お前は、これより生まれ出《い》でんとする我が子を、さあ、そのように呪えるか。呪詛の的《まと》とし、かつ、呪詛の主《あるじ》になったのが自分なのだからと、結果を眺めても葬らずにいられるか。ひり出た途端に、子を、縊《くび》らずに』

『おう。おう。できるぞ』

『できるのだな』

『当然だとも』

さあ、このように、親はいたのだ、悍《おぞ》ましい親がここにいたのだ、いまだ生まれ落ちてもいない息子を魔性のものの求めるがままに颯《さっ》と呪詛した父親がいたのだ。父が！　それから産み月が来て、大慌てで産婆の呼ばれる当日が来たのだ。当月の当日だ。母親はむろん陣《しき》りの痛みに泣いていたのだ。その喘《あえ》ぎは『はあはあ』と続き、その呻《うめ》きは『あうあう』と続いたのだ。が、そこまでの成り行きは尋常だったのだ。世の常を裏切ったのはそこからだったのだ。分娩《ひりだし》があって、すると産婆は悲鳴をあげたぞ。母親もまた悲鳴をあげたぞ。母も！　なんとなれば産み落とされた子は、おお、その全身がなにやら毀《こわ》れている。おお、おお、その一切が穢《きたな》さをまとっている。おお、おお、おお、呪詛された赤子が誕生した。

犬王だ」

二十　面《おもて》の章

「不浄をまとい、不浄にまみれた子、犬王だ。齢《とし》は一つの時分から、『これが醜怪さだ』と言われざるをえなかった子、それが犬王だ。男子《おのこ》だった。顔はあった。手足《しゅそく》はあった。足の蹠《うら》だってちゃんと付いていた。しかし、その五体の部位において、おお、呪詛されていないところなぞ欠《かけ》らもなかった。なにしろ母親が、まともに直視しない、できない。これほどの醜さ！　父親は最初から確認のための一瞥《いちべつ》しかしない、あとは北叟笑《ほくそえ》んで、もう眼中に入れないでいる。この無慈悲さ！　が、殺《あや》めはしなかった。紐を使うなどして首を絞め、葬り去ることはなかった。『しない』との約束があったのでしなかった。

犬王は、生きていいのだ。

どれほど異様な、怪異な貌《かお》かたちに生まれついても、ものは食べられたし、食事の類いを与えないで命を奪《と》ることも約束に反したから、つまり食べる意思さえあれば食べられたのだ。摂《と》れるものを摂取しえたのだ。犬王は、生きた、おお生きのびた！　犬王は、這った、ずるずると床を這い、おお地面を這い、おお、おお、立った！　転ばずに立ち、いやいや、幾度も転倒しながらも立ち、後《のち》、歩いた。初めは倒《こ》けながら転《まろ》びながら歩いた。じきに二十歩でも三十歩でも、いやいや、百歩でも止まらず歩けるようになった。が、そうなっても誰も喝采しなかった。何人《なんぴと》も『肥立ちがよいわい。これはよい子だわい』などと褒めなかった。誰も犬王のことなど見守っていなかった。が、見られては困る、とは考えた。そろそろ屋外《そと》に放り出したいし、実際、昼日中はそんなふうに勝手にやらせると決めていたのだが、由緒ある近江猿楽の一座の、その洛内での足場としている稽古場併設の家から『変化《へんげ》が出た、幻妖《げんよう》が湧いた』と言われては困る。そこで、ある措置をとった。面《おもて》だ。木彫りの仮面だ。それを着けさせたのだ。

着用させて、屋外《そと》にほっぽった。もちろん、他には頭巾《ずきん》も。足袋《たび》も。その他、その他。しかし無表情な仮面こそは人目について、やれやれ、あれはなんなのだと思わせた。こうも稚《いと》けない頃から面を掛けさせるのか、習練のためだというのか、それでは厳しすぎないかと論《あげつら》わせた。

が、無表情の、無の面は不気味すぎて、じきに視線を送る者は絶えた。まともに気にかけ、云々《うんぬん》する巷間の人間は。あれは、ああいうものなのだ、との思いに皆、落ち着いた。

いっぽうで犬王は、面を通して巷《ちまた》を観察した。

面の、二つの、目の穴を通して。

そこを通すと、違うふうに見える。着けないで屋内《なか》などにいるときとは。

そこを通すと、違うものが見える。

見える。見えはじめたぞ」

二十一　足の章

と、こう語り出した。「――見えはじめたぞ」と語り出した。壇ノ浦友一《だんのうらのともいち》の琵琶が。その、琵琶の音《ね》と声が。盲《めし》いた壇ノ浦殿はいつもいつも、見えはじめたぞと語り出す。犬王の物語は、そのように語られ出す。あとには何が続いたか。たとえば「足」の章段があり、こう語られた。

「おお、素足になりたい、なりたいと切に願い、あるとき稽古場を覗いた犬王は、兄たちの歩行術を真似し、いやいや、その術を隙見《すきみ》しながら盗んで、しっかりと独《ひと》り稽古を続けて、すると、おお、おお！　足は変容した。犬王の足は、左右とも――」

それで終《しま》いではなかった。壇ノ浦殿こと友一の語る「足」の章段は、さらに続いた。その（生まれ立ての）尋常な両足は、残念ながら膝から下方に限られての様変《さまが》わりだったから、また、犬王が三歳児、四歳児であった頃の譚《はなし》だったから、これに四歳児、五歳児の頃の出来事が、膝そのものの変容譚《たん》が続いた。

　それは、こう語られた。

「おお、今では臑《すね》までも尋常になったのだから、だったら膝も変わりたい、それも両の膝が揃って変わりたいと切に望んだ犬王は、これまでの経緯《いきさつ》を子供ながらに咀嚼《そしゃく》して、いやいや、言葉にしては何も嚼《か》めてはいないのだけれども直感から判断して、どんどんと猿楽の芸を学び修め、それも窃《ひそ》かに盗んで修め、ひととおり兄たちの、それも長兄や次兄の域に達すると、おお、おお！　膝は変容した。膝もまた、左右とも――」

二十二　群《ぐん》霊《りょう》の章

足。

膝。

友一の語りは簡にして要を得た。友一の、犬王の物語は、そのように演奏された。たとえば犬王の膝がどうなったかは「醜を離れ、美になった」と言われた。なるほど、描写はそれで足りる。「四歳児、五歳児の犬王は自らの直感に、歓《よろこ》んだ、歓んだ、快感をおぼえた」と語った。なるほど、それで事足りる。醜の塊《かた》まりの犬王には、初めから信念があったのだと。すなわち生きるとの信念。生きるためには奪うとの信念。たとえば全き醜に生まれた人間が、他者《ひと》から得られるものは何か。美でしかない。こうした念《おも》いの正しさ。迷いのなさ。そして迷わない者は祝福される。そうだ、その道は正しいぞ、こっちだ、こっちだと。

誰が囁《ささや》いたのか。

そのように祝福したのは、何者か。何者らか。

この点は、友一にこう語られた。瓢箪《ひょうたん》から続けて、語られ出した。

「さて瓢箪だ」と。「――木彫りの無の仮面に次いだのは瓢箪の、目の穴を刳《く》りぬいた手製の面だった。もちろん穴の数は二つ。そうなのだ、この双眸《そうぼう》を通して、犬王は巷《ちまた》を見たのだ。巷間を観察したのだ。おお、そこを通すと、違ったふうに見える。おお、おお、そこを通すと、違ったものが見える、見える！　おお、見えるぞ。では、はっきり見えたのはいつ頃か。幾ら幾らの年頃か。五歳児、六歳児だ。犬王がそうした齢《よわい》になっていた当時だ。何者らかは姿を現わしたのだ。これもまた隙見《すきみ》だったと言える。尋常な人間には目にできぬものを、現世の空隙《かんげき》に認めたのも同然だったのだからな。そして、それが可能であったのは、瓢箪のあの双眸を通していたから、のひと言に尽きるのだからな。おお、只ならぬものを見るための只ならぬ目よ、両目よ。いやいや、両目のための穴よ。場所はいずこだったか。道祖《どうそ》大路が六条大路と交わり、やや下がり、すなわち右京の左女牛《さめうし》の界隈だった。そこで犬王は見物していたのだ。火事をだ。焼け落ちる古家《ふるいえ》をだ。すでに逃走ずみの盗人《ぬすびと》の一団に火をかけられて、そこは盛大に燃えていたのだ。まだ宵の口だったためか、見物《けんぶつ》はそこそこいた。やや離れて、犬王もいた。火の粉が来ないことを確かめつつ、草叢《くさむら》のほうに、いわば低い藪《やぶ》にいた。と、なにやら妙だ。赫《かがや》いているのは火難の現場だけではない。自分の足もとが煌《きら》めいた気がした。犬王はぱっと退《しりぞ》いた。が、おやおや、何も見当たらない。そこには地面があるばかり、草生《む》すばかり。火炎を反射しそうな金《か》鉄《ね》の類いもない。これはちょっとおかしいぞ、と思って視線をあげる途中で、今度はなんと、手もとがきらきらした。瓢箪の双眸を通して、その光輝はしっかり捉《つか》まえられた。犬王は目を凝らした。二つの穴から、凝らした。すると光が、あたかも卵の粒が群れるように手に、掌《てのひら》から前腕、肘まで、群れているではないか。それがゆえに煌々《きらきら》としていたのだ。じゃあ、待てよ、と犬王はふたたび足を見んとして、視線を下ろした。光はあった。両足にまつわりついていた。やはり卵じみた群がりで、腿《もも》に多い。それから股、腰、おお、腹。これって、光ってるけど、と犬王は思った。煌々と光ってはいるけれど、どうにも影みたいな靄《もや》だな。それが俺に憑《つ》いているのか。ここまで観察した途端、犬王は、はっと了《さと》った。これって、要するに怪《あや》し火《び》の類いか。要するに、俺の全身に集《たか》った幽霊か。犬王は、思わず『あはははは！』と高笑《たかわら》った。

『俺はお前らを、発見したぞ』と言った。

『おお、したのか。到頭《とうとう》したのか』と群れている霊が答えた。

『到頭だと。いったい、お前らは、いつから俺に憑いていた』

『最初からだ』と群霊《ぐんりょう》は答えた。『お前が呱々《ここ》の声をあげて、現世にひり出されるときには、憑いていた。群がり、挙《こぞ》ってとり憑いていた。いいや、いやいや、むしろ我ら全員がお前に縛りつけられたのだ。お前の醜に。どうしてだか理由《わけ》を言おう。我らは洛中で殺《あや》められた。無惨に身命を奪《と》られて、なんらかの術の犠牲《いけにえ》となった。浮かばれず、浮かばれず、さあ、いずこに往《ゆ》けばよいのか。

我らが惨殺されなければならなかった証しのもとにだ。犠牲《いけにえ》として同類でありながらも現世にて唯一の生きている証し、いいや、今から生まれ落ちんとしている証しの、誕生の寸前の、お前のもとにだ。お前の醜こそは、何かの妖術が決定的に成し遂げられたことの、その証し！　それを知るからこそ、我らの皆《みな》がみな、お前の醜に惹《ひ》きつけられて、縛られた。そうして、ここに！　お前の誕生以来、ずっとここに！　そして、そうなのだ、待っていたぞ、待っていたぞ、お前に見出される日を。お前と言葉を交わしうる日を。犬王よ、お前はここまでも誤っていなかった。道において正しいところを踏んだ。我らのさざめきの助言を皮膚でもって感受してもいたのだろうよ。三歳児、四歳児であっても、そうだったのであろうよ。そして、五歳児、六歳児となった今日《こんにち》の犬王よ、さあ安堵しろ。我らはお前に味方する。我ら、平家の物語の演奏をこそ生業《なりわい》とし、だが虐殺されてしまった琵琶法師どもの怨霊が。揃って。お前の醜に縛られているからこそ、そうする。お前の醜を一つひとつ解放して、自らを解放するために、そうする。順々に一人びとり成仏に至らせるために、そうする。さあ、我らは本日より手を組んで、成就したはずの術を破ってしまうのだ』」

二十三　新作の章

と、友一は語った。

壇ノ浦殿は。

この展開。

琵琶法師、友一の『犬王の巻』には大きな、大きな進展の因《もと》が仕込まれた。大きな動きが孕《はら》まれた。言い換えるならば――それは「孕まれた」ものだから――胎動が。その胎児《はらみご》は蹴っている。ばたばたと子宮《こつぼ》の内側を蹴り、またグルグルと回りもする。そうして臨月を待っている。そうして産み落とされるのを待っている。いったい、どこに産み落とされるというのか。外の世界にである。現実の、巷間にである。その都の巷《ちまた》というのは、それではどうなっていたか。

どう反応していたか。これはすでに以前の章で説いたとおり、熱中していた。友一の語りに夢中になる都人《みやこびと》が激増していた。この新曲の、この平家の新曲の、すなわち『犬王の巻』の面白さよ、と。

しかも単純な興というのとは違った。

まず第一に犬王が実在した。それも同時代に。齢《とし》は十八、九か、いや二十過《はたち》ぎか。いずれにしろ現に存《あ》る猿楽の役者だった。比叡座《ひえざ》はむろん現に存在していて、しかも猿楽の諸座のうちで一番の人気を博している。

さて、では誰が比叡座をそこまで上《のぼ》らせたのか。

犬王の父親だった。

この父の代になってから比叡座は次々と当たりを取って、現在の地位に上った。そして、その次々と当たったものというのは全部、新作の演目だった。犬王の父親が曲を書いていた。何曲も、何作品も産んでいた。これにより比叡座は勢いづいた。こうした新作群が、ひたすら面白かったからである。こうした新作群に、人々は魅《み》せられたからである。そこでは馴染みの物語が、まるっきり新鮮な材料をもって供された。「猿楽の能」として調理されていた。具体的には平家一門の滅びの物語が、人の感興をそそる逸事、逸話ばかりで劇化されていた。そうなのだ、――なにやら『犬王の巻』のその巻頭、魔性のものが口にした言葉どおりに。すなわち比叡座が当代において大成功を収めるには、しっかりとした根拠があった。が、それでは比叡座の棟梁だった犬王の父は、いかにして「馴染みの物語の、新鮮な（物珍しい）題材」というのを獲《え》たか。これは謎である。そこの部分は謎めいている。その謎を壇ノ浦殿の琵琶は、解いた。この世のものではない何事かの援《たす》けを借りたのだと解いた。

借りるために、犠牲《いけにえ》というのを必要としたのだ、と断じた。

それらの犠牲《いけにえ》こそは平家の秘話に通じていたのだ、と断じ切った。

この断言が聴衆を昂《たか》ぶらせたのだった。「おお、なんたる不躾《ぶしつけ》千万な！」と。かつ「なんたる前代未聞の興趣《おもしろみ》！」と。続いて言わせたのだった。「なんとなんと、そうした裏があったから、比叡座は、ああ、近江猿楽の頂点を窮《きわ》めて、それから大和猿楽の四座にも、ああ、当世では競《せ》り勝っておるわけか！」

そして、さらに反響の声は続いた。

で、それでどうなるのだ、と。

で、それでどうなったのだ、と。

こうした要求があるのだから、『犬王の巻』は走る、疾《はし》る。もちろん『犬王の巻』とは犬王の物語である。同時にこれは――これこそが友一の物語である。壇ノ浦友一《だんのうらのともいち》の。友一の評判が高まる、高まる！　巷間の、誰もが友一の演奏を聞きたがっている。そして聴衆となった者たちは、じき、こうした反響も漏らすのだ。

犬王を聞きながら、平家を知ったわい、と。

この経緯《いきさつ》はといえば、長じた犬王もまた父親と同様に、おのれの手で新曲を作りはじめるからだった。そうした曲《もの》を産むようになるからだった。しかも、どれもこれも平家の滅びに取材する曲《もの》を。それらを「作、犬王」と謳《うた》って。そうなのだ、犬王は自身の芸名を、そのときから犬王とする。犬王が犬王と名乗る。

名は顕《あら》われた。

あとは犬王は、おのれを産むだけだ。

仮面なしでも通用するおのれを、この世に。

二十四　策《はかりごと》の章

あるところに子供がいた。生まれたばかりだった。だから齢《とし》は一つだった。男子《おのこ》だったが、男であるか女であるか性別を確かめる以前に、産婆が悲鳴をあげた。母親も悲鳴をあげた。股間がどうこうなど目がゆかなかった。あまりに醜怪で、これはもう毀《こぼ》れた人体がひり出されたのだと思うばかりだった。毀壊《きかい》しきった五体がそれでも——どうにかこうにか——つながって、ひり出されたのだ。もちろん顔はあった。手足《しゅそく》があった。足の蹠《うら》もちゃんと付いている。しかし何から何まで、呪われているのだった。そのように呪詛された赤子が誕生することを母親はじつは予期していた。なにしろ呪いの主《あるじ》が自身の夫、すなわち赤子の父親だったから、ある程度覚悟を決めていた。が、ここまでとは思わなかった。想い描けていなかった。

そのために直視できない。

陰茎の有無など、しばらく確認できない。

が、直視したところで母親の目には見えず、産婆の目にもとまらず、呪詛の出所《でどころ》である父親の眼《まなこ》にも認められなかっただろうこともある。たとえばその子供は、やがて、毛が生えていてはならないところに毛を生やし、爪が生えていなければならないところに歯のような白い塊《かた》まりを持つが、それらの醜にいろいろと集《たか》っていることは誰も——母親も、産婆も、父親も——見通せない。そして、穢《きたな》さにまみれて生まれた当の子供も。いずれは見通すのだが、それは五、六歳児になってからのこと。

この不浄の子は犬王である。

家系の縁《ゆかり》は近江《おうみ》の国にあったが、京の都のうちに生まれた。

生まれ、強《した》たかに命脈をつないだ。どれほど異様な貌《かお》かたちが生得のものであっても、しかし口がないわけではない。鼻がないわけではない。飲食はできた。

呼吸《いき》ができた。ただし水は飲めることは飲めたが、母親はいちども犬王にじかには乳房を与えていない。乳を搾りはした、器に溜めはした、が、そこから舐めさせた。吸わせた。まるで飼われた畜類の子のような養い方だった。しかし一歳の時分から――また二歳となっても――這って、にじり寄って、犬王はそれを吸った。舌をぴちゃぴちゃ鳴らして舐め、こぼしながらこぼしながら口に入れた。

その、口に入れるたびごとに醜に縛りつけられた者どもが喝采した。誰の目にも映らない死霊《しりょう》どもが。

舌をぴちゃぴちゃと犬王が鳴らすたびごとに、「おお生きるぞ、生き存《なが》らえるぞ。この赤子《やや こ》は」と歓喜した。はしゃいだ。

生前は琵琶法師どもであった群霊《ぐんりょう》が、「お前、生きろ!」と挙《こぞ》って叫んだ。

乳児期を生きのび、犬王は立てるようになり、歩けるようになりだす。屋外《そと》で勝手にやれとほっぽられる。ただし異形《いぎょう》さを隠蔽するための措置はとられる。まず、顔には面《おもて》を着けられる。頭には頭巾《ずきん》。手には手袋。そんなふうに全身、覆い隠した。すると面がいちばん目立った。その面には表情がない。詳《つまび》らかに説けば、笑っておらず、沈んでおらず、また睨みつけてもいない。老人、老媼《ろうおう》とは違い、若い女、青年とも違い、また鬼神でもない。ただ単に表情がないのだった。

申さば無の仮面。

その仮面の下で、しかし犬王が笑わないのではなかった。

二、三歳児の犬王が、その仮面の下で、声を立てずに咲《え》みをこぼさないのではなかった。

そうした瞬間瞬間に、犬王の醜に群がり憑《つ》いている群霊が大はしゃぎしないわけでもなかった。「おお、楽しげだぞ。親の妖術の犠牲《いけにえ》になったこの子は、しかし生きるぞ。まだまだ上機嫌に世にあるぞ!」と。

生きろ、生きろと騒いだ。

霊能なき何人《なんびと》の耳にも響かない声で。

犬王は近江猿楽の一派である比叡座《ひえざ》の家に生まれていた。座の棟梁の子に生まれついたが、兄たちとは違って芸はなにひとつ教わらず、習練はなにひとつ課されなかった。しかし屋外《そと》で「勝手にやれ」と命じられていたがゆえに、三、四歳児となっても、いぜん全身を覆い隠すことは強いられた。夏場、それは酷だった。あるいは梅雨も、暑気のぶり返す秋も。犬王は素足になりたいと思った。足袋《たび》はいやだと思った。――下だけは剝き出しにしたい、下半身から足の蹠《うら》までは、いや、股はあきらめても膝下は、と切望した。「――うううぅ！」と唸りながら切望した。

群霊は「――うううぅ！」と唸り返していた。

唸りながら助言する。

その助言は聞こえぬさざめきにしかならない。

犬王は、素足になりたい、素足になりたいと切に願いながら、あるとき稽古場を覗いた。屋内《なか》には入れないがゆえに隙見《すきみ》をしていたのだが、そこでは、兄たちが優美な舞を練習していた。犬王は、ああ、足だと思った。犬王は、言葉ではないもので「いいぞ。いいぞ。好都合だ」と的確に察した。稽古場には笛の音《ね》があり太鼓もあった。それらに合わせて兄たちは足を踏み出していた。

踏む、踏む、踏み出す。

犬王は真似た。

稽古場の屋外《そと》で、踏む、踏む、踏み出した。

このとき群霊は歓声を発した。

歓声を！

「そうだ――そうだ――お前には与えられていなかったものを――お前は奪え」と群霊はさざめいた。さざめいた。「比叡座の成功なるもののために比叡座の大夫《たゆう》の系譜からは完全に弾《はじ》かれたはずのお前が――まったき犠牲《いけにえ》とされた穢《けが》ればかりのお前が――ありとあらゆる美を剝奪されて生を享《う》けたお前が、得ろ、得ろ、自力で得ろ。たとえば優美さを。たとえば、あらゆる比叡座の芸を。そうすれば――そうすれば――お前はおのずと術に逆らう。この道こそは叛逆の道。そして我らから奪《と》られた平家の物語も、その果てに――いずれ根こそぎ――獲《え》ろ。そうすれば崩れる。術の前提が崩れるぞ」

そう喚《わめ》いた。怨霊どもの歓呼だった。

犬王が、真似た。

群霊が、声援した。

兄たちの足の運びは優雅だった。その雅《みや》びを末弟の犬王は盗《と》った。足、足、素足、と歌いそうになりながら盗った。あの素足、と念じた。ついには完璧に盗んで、ついには間然するところのない歩行術を身につけ、滑るように、さらり、ささっと飛鳥《ひちょう》のように、いまだ三、四歳児の犬王がその両足を運んだ刹那に、犬王の膝下からの醜に縛りつけられた琵琶法師ども数人の怨霊が、「これはもはや、醜ではない！」と叫んだ。いわば高らかに宣言した。喜悦に満ち、漸う《ようよ》成仏への道をたどり、その際、犬王の当の部位の不浄さも併せてこの穢土《えど》から持ち去った。

不浄さを颯《さっ》と拭った。

すると、その日犬王は知る。自身の両足に変化というのが生じているのを。膝から下に、変容があるのを。そこに足袋を脱いでも支障のない極めて尋常な足が生まれている。両足がともに生まれ直している。すなわち醜が消滅した。犬王は驚いた。犬王は喜んだ。犬王は、もちろん驚いたことは驚いたのだが、それほど驚愕はしなかったのだとも言える。なにしろ齢《よわい》はまだ三つか四つ、この人の世に何が起こりえて、何は滅多《めった》に起こりえないか、判断の標《しる》べを持たない。また、もともと「そうすればいいのだ、そうすれば——その道をゆけば——いいことがあるのだ」との直感じみた念《おも》いもあった。それが証明されただけだったから、まごつかなかった。さて四、五歳児になる。犬王は習練を続けている。これは稽古場での兄たちを盗み見ての、窃《ひそ》かな芸の修業であり、まさに猿楽のさまざまな基礎を盗ることである。比叡座の伝統（の基本）を会得することであり、すなわち舞台用に、身ごなしの美しさを修めることである。

身《からだ》の美を。

四、五歳児になった犬王は膝を得た。

さっぱりと醜を拭った両膝を。

そうした膝を得て犬王は駆けた。爽快に、爽快に駆けた。稽古場併設の我が家のある界隈から離れ、荒廃した西の京まで愉快に直走《ひたはし》った。表情のない仮面は今や着けていなかった。目の穴を二つ刳《く》りぬいた瓢箪《ひょうたん》を仮面代わりにかぶっていた。走り、戯れながら笑った。「あははは！」と声をあげた。

群霊も哄笑した。

「――あははは！　あははは！」

ついに五、六歳児。

犬王は瓢箪のその二つの穴越しに、あるとき、火事見物をきっかけに群霊を見出した。おお、俺の全身には幽霊が憑いている、と。それも群がって、わんさか集《たか》っている、と。犬王は人には見られないはずのものをこうして眼《まなこ》に認めた。続いて、呼びかけると応える声も聞いた。人の耳には響かないはずの声を捉えた。

「お前は到頭《とうとう》、我らを発見した！」と群霊が喝采した。

やんや、やんやと喝采した。

これを経て、犬王と群霊が手を組む。ともに策戦《さくせん》を立てる。――策《はかりごと》。犬王の父親の妖術の前提は、今では狙い所をもって崩せる。そのためには「我らの知見をみな用いろ。活用しろ」と群霊は囁いている。以前は同じ一座に所属していた琵琶法師の群霊が言う。あるとき、こうも言う。「我らのうちの某《なにがし》と某と某と某は、他にも某と某は、平家谷に潜ったぞ。そうした経験を持つ。落人《おちゅうど》の末裔たちは託したがったぞ。何をか。忘れ去られた逸話をだ。世間から、忘却された物語《それ》をだ。また、こぼれてしまった珍話をだ。書物から、収められずに除かれた物語《それ》をだ。どれもこれも平家のだ。この一門の興亡にまつわるもの、滅んだ平家の物語《それ》なのだ。こうしたものを託したがったぞ。盲《めし》いた我らに――駕籠《かご》に乗せられての、また、山伏どもに背負われての我らに。我ら、琵琶法師に。言葉だけで――声だけで委ねて、我らもまた、声だけを、言葉だけを預かった。さあ、お前は、こうしたものも活《い》かせるのだ。活用しろ！」と言い、そしてあるとき、こうも言う。

「得ろ、得ろ、得ろ。お前はいっそ、窮極《きゅうきょく》の美を獲《え》ろ。時間はかかりはするが、そうしろ。その道程《みちのり》で、おお、父を敗《やぶ》ってしまおうぞ」

二十五　平《たいら》氏《うじ》の章

むろん五、六歳児が、八、九歳児になり、そこから猿楽の新曲を次々と産んで一世を風靡《ふうび》するまでには、最少にしても十年は要る。謡《うたい》のための作詞が必要とされるのだから、そちらの鍛錬が要る。言葉の遣《つか》い手となることが。やはり十年はいっきに過ぎなければならない。その間《かん》には——というよりも前には——犬王に朋《とも》ができている。それも（怨霊ではない）生者《せいじゃ》の、人間の朋が。盲人であるがゆえに犬王と懇《ねんご》ろになりえた琵琶法師の朋が。最初、その者の名前は友魚《ともな》であり、やや経つと、友一《ともいち》である。最初、犬王はおのれの穢《きたな》さをこの朋が見られないがゆえに（魔性のものの為業《しわざ》は現に見られなければ説得力がない）、群霊だの妖術だのといった真相は語らず、しかし「友一が乞うから」と平家の秘話は語る。いろいろな譚《はなし》をしてやる。それを友一が琵琶の語り——語りの芸能——に換えるのも楽しむ。辻々《つじつじ》で演奏し、洛中に弘《ひろ》めるのも楽しむ。ただし「余人が知らない記録は、お前、口に出すなよ」とは念を押す。いかなる策を廻《めぐ》らせているのか、まだ当分、父親に悟られるわけにはいかない。よって友一に聞かせられる譚《はなし》にも制限はある。ここまでが最初の段階で、それから次の段階がある。まず、犬王が比叡座《ひえざ》の興行に起用される機会が訪れる。次兄の急病が幸いした。技倆を相当身につけたので、舞台に立てた——役を奪えた、、、。そして同時に、友一の次の段階が——これもまた最初に続いての展開が——ある。友一は、都で、だいぶ琵琶法師として名声を得ている。「新進の琵琶の演奏者といえば、やはり壇ノ浦友一《だんのうらのともいち》であろうよ」と評判されている。

そうなのだ。今、十年はひと息に進んだ。ここに。

さて、この十歳《ととせ》を経て、犬王が「俺の曲を作れよ」と友一に持ちかける。「俺のことを、俺の生い立ちを琵琶の曲にしろ」と。犬王は、群霊だの妖術だのといった真相を語る。その言葉にはすっかり説得力がある。また、なにしろ犬王と友一の間の絆《きずな》がある。友一は、父親の亡霊に「おっ父《とう》よ。犬王に成仏さ、、、、、せられた怨霊はいるかい。いたかい」と確かめる。いた。ここから、最初の段階のその次の、さらにそのまた次の段階に入る。

大きな、大きな展開、進展に——。

そのために要るのは犬王の新作。その数々。すなわち「作、犬王」の、それら新作群の創造に深々と関係する策《はかりごと》のみ。

それらのみ。

曲名を羅列するならば、たとえば『重盛《しげもり》』、たとえば『腕塚《うでづか》』、それから後世に『千尾《せんび》』の異名でも知られた『鯨《くじら》』。こうした猿楽の曲が、まさに今、ここに挙げた順番で犬王に産《さん》された。産み落とされた。まず『重盛』から解説する。重盛とは平清盛《たいらのきよもり》の嫡男、小松殿《こまつどの》と呼ばれて、内大臣まで昇《のぼ》った人物に他ならない。まさに全盛期の平氏の要《かなめ》。そして巷間に流布《るふ》している平家の物語に尋ねれば、富士川《ふじがわ》の合戦でも北国《ほっこく》遠征でも大将軍を務めながら連敗し、最後には那智《なち》の沖で入水《じゅすい》した維盛《これもり》の父であり、平氏嫡流のお終《しま》いの子として斬られた六代御《ろくだいご》前《ぜん》の祖父であり、すなわち全篇をつらぬかんとしている筋（構成）の二番めの重要人物である。しかし犬王の『重盛』は、これを偉大な武将だったし、平家一門の棟梁に相応《ふさわ》しかった等と描出することを主眼としない。実際、重盛は独裁を揮《ふる》う清盛、すなわち父親にも諌言《かんげん》できた英雄的な人間ではある。が、犬王の『重盛』において、主役ではない。では主役は誰なのか。平家累代《るいだい》の家人《けにん》、平貞能《たいらのさだよし》。あの肥後《ひご》の守《かみ》貞能がそうだった。そして犬王の『重盛』が舞台としているのは、今か、過去か。過去だった。

寿永《じゅえい》二年だった。

その七月だった。

すなわち平家の都落ちの年であり、月。その下旬の、夜。貞能が一人、いや、実際には手勢《てぜい》の三十騎ばかりとともにだが、洛内に留《とど》まっている。「さっきまで西八条の焼け跡に大幕《おおまく》を引かせて、一夜を明かしていたのだ」と貞能は言う。貞能は謡《うた》う。

大幕——野外の軍陣用の幕を、仮屋を設けるためのそれを、と。

「平家の公達《きんだち》がたを待っていたのだ。都に取って返してこられる公達がたを、そこで待っていたのだ。待っていたのだ」と謡う。

「が、どなたも現われはしなかったのだ。取って返してこられず、落ちてゆかれたのだ。西へ、旧都の福原《ふくはら》へ、また、さらに西へ、落ちてゆかれたのだ」と謡う。

「心細かったぞ。心細かったぞ」と謡う。

だが、それ以上に、と貞能は言葉を続け、もっと心細いのは墓中の小松殿に違いない、――「殿《との》に」と続け、おお、このままでは亡き重盛公のおん墓が源氏どもの馬の蹄《ひづめ》にかけられてしまうわ、と懸念を語り、だから己《おれ》はおん墓の在所《ありか》に駆けつけた、我が勢の者にここを掘らせたのだ、と続ける。

墓を掘らせた、と。

なかば卒然《そつぜん》と逝《い》った平重盛《たいらのしげもり》の骨を、お骨を掘り出した、と。

そのお骨と、貞能の対話が、前半。

劇の後半では、貞能が遺骨を首にかけて、これをいずこかに、自分は祀《まつ》る、そのための行脚《あんぎゃ》に今から出る、と宣するところで急転がある。

「今より祀る、今より祀る」と謡い、

「殿のために、殿のために」と謡い、

「都をも去り、この都をも去り、かかれども西国《さいごく》には落ちず」と謡い、
貞能が小松殿（重盛）への畏敬を改めて口にし、「昔はどのような武勇の者も、殿がひとたび沙汰《さた》すれば、恐れ、驚き、それぞれの舌をぶるぶる、ぶるぶると震わせておののいた」と続けた途端、様子が変わる。

何かが貞能に憑《つ》き、それゆえに貞能が舞う。

何者かが憑依して、それが貞能を舞わせる。

何者か、とは重盛である。これは「貞能よ、忠義者よ。私に仕えた忠義者よ」との舞いながらの詞《ことば》でわかる。呼びかけで。

この舞が、狂乱《きょうらん》の舞であり、ここに興趣《おもしろみ》がある。と同時に、こうした構造（展開）の斬新さが、非常に注目された。シテは、重盛のことは演じないが、重盛に憑かれた貞能のことは演じるのだ。そして最後は、貞能《おれ》は出家するとの

宣言、その後は肥後の入道と呼ばれるようになるだろうとの予言、等が続いて、過去が今に連なる。寿永二年が貞治《じょうじ》年間の現在に。——貞治は北朝の年号だから、南朝であれば正平《しょうへい》年間（の当世）に。

　そして、この予言の段にさまざまな平家異聞があって、たとえばどのような地方の、どのような隠れ里に貞能が赴き、そこに後《のち》に「小松寺《こまつじ》」と称される拠点を設けたか、等が予《あらかじ》め語られる。いったんは東国《とうごく》に下向し、宇《う》都宮氏《つのみやうじ》を頼ったことも語られるが、このときの逸聞《いつぶん》も二つ、三つ挿《はさ》まれる。平氏《たいらうじ》の家人と宇都宮氏の交流——。

　かように見どころ、聞きどころが多い。

だから興行は大評判となったのだが、しかし、もっとも観客を惹《ひ》きつけたのは、それも一瞬の出来事として当人たちも咀嚼できぬ間に魅了したのは、主人公の貞能にかつての主《あるじ》の重盛が憑き、舞い出す直前のひと台詞《せりふ》であり、台詞に伴われた所作、あるいは為《し》業《わざ》である。

　貞能は——貞能を演じる犬王は——「昔はどのような武勇の者も、殿がひとたび沙汰すれば、恐れ、驚き、それぞれの舌をぶるぶる、ぶるぶると震わせておののいた」と謡い、その直後、狂乱の（そして圧倒的に魅惑にあふれる）舞の場に入るのだが、その瞬間に——どうにも特定できない奇《き》なもの、驚かざるをえない異《い》なもの、ぶるぶると震えてしまい、おののかざるをえない不穏なものが垣間《かいまみ》見える。シテの装束から、ちらっと覗いた。シテの身《からだ》の一部として、隙見《すきみ》された。

それゆえに興行は成功した。

ただちに再演となった。

二十六　美の章

美しさにも段階がある。

犬王と友一の邂逅《かいこう》、親交に、友一の名前がまだ友魚《ともな》である段階、犬王が友一には群霊《ぐんりょう》だの妖術だのの真相を明かさない段階があり、それが十歳《ととせ》を経、次の段階に移り、それから、さらに次の段階に移って今に至っているように、犬王がその醜を拭い去る幾段階かがある。

しかも策《はかりごと》をよりどころとして、ある。

たとえば犬王の耳は、早々に尋常なる人間の耳の形《なり》になるよう、図られている。そうでなければ面《おもて》が掛けられない可能性があった。鬘《かつら》を着用すればよいわけだが、鬘無しの役柄では（当然そうした主人公は考えられた）怪異な耳がただただ無計画に目《もく》される懸念があった。それでは舞台に立てない。観衆の腰が、もしかしたら抜ける。客たちが泄《も》らす。

だから、耳。

耳の醜に縛りつけられている群霊を成仏させればよかった。その耳――左右とも――に集《たか》っている某《なにがし》と某と某（なる琵琶法師の怨霊ども）が、どのような平家の物語を犬王の父親に奪《と》られたのか、奪られて殺《あや》められ、または戮《ころ》されてから強奪されたのか、「猿楽の能」の題材《たね》として提供させられたのか等を知り、犬王は、該当する舞と謡《うたい》とを窃《ひそ》かに盗み見つつ稽古した。自身にしっかり、しっかり滲《し》み込ませた。すなわち修めた。すると、まさに「修めた」と悟られた刹那に、耳は――左右の二つとも――喜悦に震えたのだった。ぞわぞわと顫《ふる》えて、はたはたと鳴りもしたのだった。そうなのだった、歓喜した。「おお、犬王よ、お前は――父から奪還した！　我らのために――そもそも我らが所有《もの》であった平家を！」と歓喜した。

成仏への道をたどった。

不浄を拭いつつ、だった。

耳の。両耳の。

醜の一掃。

このように優先順位が慮《おもんぱか》られつつ、犬王は順々、美を獲《え》たのだった。獲得しつづけるのだった。『重盛』の初演で絶讃されたときなどは、その褒美とも言えようか、群霊はやんやと騒ぎ、両の太腿がひと晩でいっきに浄められた。

「おお、俺は――」と犬王は笑った。「――重盛公に、太腿を二本、どうやら賜《たま》わったらしいぞ。ありがたや、ありがたや」と。

褒美があることで、犬王の変容も加速する。

が、いぜん穢《きたな》さはたっぷり残るから、犬王は自らの人体の美醜を利用して、新作を、また演出を弾《はじ》きだす。産む。手始めは『重盛』に続いた『腕塚』で、しかしここでは不穏なものはわ、ざ、と見せない。い、っ、か、な、覗かせないのだが、別の見どころで魅了した。

この『腕塚』は一《いち》の谷《たに》の合戦を主題としている。寿永《じゅえい》三年二月のこの合戦では源平の双方に数多《あまた》の死傷者が出た。なにしろ源氏方の手によってさらされた首だけで二千余人ぶんに及んだ。当然、それ以上が射られて死んだ。斬られて死んだ。山の崖で死に、海の渚《なぎさ》で死んだ。櫓《やぐら》の前では馬の死骸も山をなした。ただし、死者が夥《おびただ》しいのであれば、死の寸前にて一命をとりとめた傷者《しょうしゃ》――深傷《ふかで》または浅傷《あさで》の――はもっと多い。たとえば、腕だけを失った、というようなな。

一の谷の合戦で片腕を失ったといえば、武将では平忠度《たいらのただのり》である。薩摩《さつま》の守《かみ》として知られる忠度は、その右腕を肘の上からぷっつりと斬り落とされた。

後《のち》、首も刎《は》ねられた。その意味では、腕だけを失った人物ではない。しかし犬王の『腕塚』で、物語を動かしている――動かさざるをえないのは忠度である。忠度は、その最期《さいご》のとき、直前までは手勢《てぜい》百騎ばかりに護られていたと言われる。が、これらの護衛は、敵が現われるや我先に逃走したと言われる。その様《さま》、無惨。また無情。

が、本当にそうだったのか。

「否」と訴える者が『腕塚』には出る。「——否！」

この者は冒頭からは出ず、劇のその冒頭に登場するのは三人の僧である。旅の僧と、その従僧《ずそう》二人。時代は——今か過去かと問えば——今、彼らは須磨《すま》の浦を訪れて、柿の木の前に小さな塚が築かれているのを見出す。じき、そこに土地の老婆が現われる。この老婆は、自分はここの墓守《も》りなのだと名乗る。

「ここはなんだ。墓とはなんだ」と僧は尋ねる。

「柿の木をご覧になりなさい」と老婆は言う。

「まだ春だ。実はない。まだ春だから、花しかない」と僧は言う。

「まだ春だから、花しかない。花しか咲かない」と従僧たちが謡《うた》う。

「しかし秋には実りがございます。おお、何かが実るのでございます」と老婆が謡う。

「いったい何が実るのだ」僧が尋ねる。

「いったい何が、何がここに、実るのだ」と従僧たちが謡う。

「柿にして柿にあらず、長い、長い、おお、細長い実というのが生《な》るのでございます。まるで人の片腕さながらの、そうした柿が生るのでございます」と老婆は謡う。

「それは、なぜだ」と旅の僧。

「この墓が、腕塚でございますがゆえに」と老婆は答える。

「腕塚とは、なんだ」と旅の僧。

「それについては」と老婆は言う。「私《わたくし》以外の者が答えましょう」

老婆は柿の木（と塚）の陰に消え去る。と、たちまち三人の僧たちは睡《ねむ》る。夢に老婆が、ただちに現われる。それも、柿の木（と塚）の裏側から現われる。それも、老婆ではない面を掛けて現われる。それも、甲冑《かっちゅう》姿で現われる。

「おお、おお、おお――」と語り出す。

「薩摩の守殿の護衛がみな逃亡したのだとは、これはなんたる言い種《ぐさ》。一の谷の合戦にて我が主《あるじ》、忠度殿がお討たれになった際、この己《おれ》もとっとと落ちたことになっているのは、なんたる、なんたる馬鹿げた非難。どうして己がそのようなもの、浴びねばならぬのだ。おお、今は昔、今は昔、己は」

と唸る。

「主人、忠度殿が一の谷の西の陣から退《の》かれるのを、援《たす》けた」

と唸る。

「東国《とうごく》の、猪俣《いのまた》党の武者二人と組み討ち、殿《との》の退却に道をひらいた」

と唸る。

「その後に駆けつけた。即刻、駆けつけんとした。が、殿はその間《かん》に、これまた猪俣党の岡部六野太忠純《おかべのろくやたただずみ》という小物に狙われ、組まれ、そうなのだ、このときに護衛が全員散った。おお、我先にみな逃げ出した！　百騎ばかりあった勢が！　おお、おお、己がいれば——己がいれば」

と唸る。

「薩摩の守は腕を斬られた。右腕を」

と謡う。

「右腕を。それから首を。お斬られ申した」

と謡う。

「また、矢を入れている箙《えびら》に結んでいた文《ふみ》を見出され、そこに記してあったお歌も盗み見られた。こうだ」

と言って、その一首を詠《うた》う。——ゆきくれて木《こ》のしたかげをやどとせば、花やこよひの主《あるじ》ならまし。

「このお歌があったから、お討たれ申したのが平忠度なる大将軍であると、知られた。首は、持ってゆかれた。胴体も、誰かがさらっていった。あとで身ぐるみ剝《は》ごうとしてか。なんたる不埒《ふらち》。して、腕はどこだ。殿のお腕では、殿の、我が殿の、右のお腕では、いずこに！」

と言ったところで、旅の僧ほか三名が夢の内側《なか》において目覚める。

「腕がないのか」と僧が謡う。

「腕を探すか」と従僧たちが謡う。

「お前は老婆か」と僧が問う。

「昼の墓守りか。『腕塚』の名を口にした、あの昼間の老婆に他ならないのか」

と従僧たちが問う。

「否、否、否！」と甲冑姿の老婆――それは今では老婆ではない――が言い、この叫びを機に、舞いだす。この踊りは捷《はや》い、そして激しい。そして美しい。――美しい。そこから、僧たちが一の谷の合戦のお終《しま》いに、すなわち平家軍の敗走時に何があったかを説きながら、舞と謡《うたい》がともに進行する。

敗《ま》けた側の軍兵《ぐんぴょう》は海に逃れようとした、と説明される。

一の谷の前方に展《ひら》ける海には退却用の船が幾艘も、幾艘も用意されていた、と説明される。

しかし我先に、我先にと、鎧兜《よろいかぶと》を着けた軍兵が一艘の船に、四、五百人、それどころか千人も乗り込む、乗り込まんとする、押しあい、群がり乗らんとする、と説明される。

そのために大船が沈む――。

大船が三艘も沈む――。

そこで命令が出る、「身分ある方々は乗せよ、それ以外は乗せるな」と下知《げじ》されて、そのため、身分のない武者は全員、乗り込もうとすると斬られることになる、なった、と説明される。

それでも雑兵《ぞうひょう》たちが船にとりついた――。

しがみついた――。

腕を斬られた、と説明される。

肘を斬り落とされた、みな、と説明される。

一の谷のその渚には、ぷっつりと斬られた腕が、腕が、腕が落ちた、と僧たちは謡う。そして平忠度の家人《けにん》であり、今では老婆に憑いている武士は――源平時代の武士の亡霊は――舞う。

この武士が、いずれ腕を拾うのだ、とわかる。

その渚の、散乱する無数の腕を拾い、弔うのだ、塚に収めるのだ、とわかる。

主人の腕は拾えなかったが、代わりに数百本の腕を、木端《こっぱ》武者たちの一千本の腕を、とわかる。

そこに柿の木が生える。将来。

この伝承を、誰かが残した。腕塚を築いた後《のち》、落ちのびた武士の裔《すえ》が残した。そして劇の最終段、旅の僧が「供養する。腕も。お前のことも」と告げ、いずれ石塔を建てようと約束した直後、舞いつづける武士、すなわちシテの腕が、反応する。

それは右腕だ。

右腕の長さが、おかしい、ということが起きる。

おかしいが、手首から先、そこは武具にも似た木の匣《はこ》に覆われていて、なにひとつ尋常でない点は見せられてはいない。そして掌《てのひら》も、また甲も、きれいである。

犬王の、右腕の先端——その指も。

美。

美しさには段階がある。

この舞台が、どういう趣向であったのか、正確に批評できる観客というのは皆無だったが、しかし評判をとった。誰もが、いささかもさらされていないものに魅せられたのだ。その木の匣の内側に、確かに呪われたものがある、と察して。――人の直感として、嗅ぎつけて。

二十七　魚《うろ》類《くず》の章

では『鯨』を解説する。これは犬王が産んだ新曲のうち、再演は初めから「ありえない」とされていた唯一の作である。たった一度、たった一日限りの興行で、比叡座《ひえざ》では封じられた。しかし十年後、二十年後にもその名を轟かせていた。その背景の一つには他座がこの演目を拝借したことがある。それも近江猿楽の二座、大和猿楽の一座、の計三座もが。が、その詞章を具《つぶ》さには盗《と》られなかった。犬王の言葉は、この曲『鯨』では高度で、一度見聞きして憶えられるものでは到底なかった。それが奇妙な、大胆な改作につながって、この経緯《いきさつ》から産まれた諸曲は『千尾《せんび》』という。すなわち『鯨』には異名があるのだ。さて平家の物語ちゅう、千尾とは何か。尾《び》との語が魚を算《かぞ》えているのであれば、それほどの数、物語ちゅうに現われた魚類《うろくず》はあるか。

あった。

海豚《いるか》という魚である。これを土地によっては、あるいは時代によっては、鯨と呼んだ。実際、鯨と海豚は同種の魚類《うろくず》である。違いは大きさに因《よ》るのみ。

すなわち『鯨』は――異名『千尾』は――海豚を描いている。

平家の物語ちゅう、どのような場面に海豚が登場したか。

一千尾あるいは二千尾といわれる海豚が登場するのは、壇の浦の合戦の場面である。奇瑞《きずい》が挙げられる箇所がある。源氏が優勢に転ずることを告げる神慮《しんりょ》のそれがあり、それから平氏の敗北の兆《きざ》しとなるものがあって、後者が一、二千尾の海豚である。そうしたものが海に現われる。平宗盛《たいらのむねもり》がこの大群を目撃する。一門の統率者、宗盛が。

時は元暦《げんりやく》二年。

その三月。

四年前に平清盛《たいらのきよもり》は息絶えている。その前々年に清盛の嫡男、重盛が逝《い》っている。宗盛はその重盛の異母弟で、二位《にい》の尼にとっては最初の息子、ゆえに現在、平家の棟梁である。

この宗盛が海豚の大群――という異変――を目撃して、占わせる。

答えは二つ。

もしもこれら一、二千尾が、以前《もと》の方面に泳ぎ返れば、源氏は滅びる。

が、そうでなければ。

泳ぎ返らないのならば。

滅びるのは平氏である。

そして一、二千尾の海豚は、泳ぎ返らずに、宗盛に率いられる船団の下を泳ぎ過ぎた。海面に口を出し、息継ぎをしながら泳ぎ越していった。

犬王の『鯨』は、それでは海豚どもは真っ直ぐにどこまで行ったのかを探求する。それらが魚類《うろくず》である以上、いつかは戻ってくるはずだと語る。そうした回帰を信じる平家の末裔を出す。滅んだ武将の裔《すえ》、いや、壇の浦のその戦場《いくさば》では滅びず、ここを落ちのびた高名な侍大将の一人、飛騨《ひだ》の四郎兵衛《しろうびょうえ》の手の者であった武人の裔を出す。

「己《おれ》はここで、帰るのを待っているのだ」と語らせる。

「俺はここで、千尾を待っているのだ」と謡《うた》わせる。

「あちらに進んでしまった鯨が」と謡わせ、

「あちらの涯《はて》にゆきついて」と謡わせ、

「こちらに戻り、己の目の前で、いよいよ『帰ったぞ、帰ったぞ。おお百年《ももとせ》も、それ以上もかかったぞ』と息継ぎをするのを。するのを」と謡わせる。

時代は今と過去の間である。シテは現実の人間であると同時に、とうに亡き数に入った件《くだん》の武人の霊であるとも思わせる。犬王はこうした曖昧さ、いわばあわいを用意して、さらに美しい尼僧をからめる。また、海中から歌声が聞こえるという奇譚をからめる。その挿話に、地謡《じうたい》によって合唱される華麗な詞章をまぶす。ほとんど聖なる言葉——。これに導かれて、終盤、竜神が顕《あら》われる。しかも竜神はシテに憑いて顕現する。ただちに舞う。

尼僧が「いずれお祀《まつ》りいたしますが」と言う。

「しかし」と言う。

「まことに竜神の化身《けしん》であられるかを、今、ここに示していただかねば」と乞う。

今、ここに。するとシテが、やおら装束をほどき、左肩をさらす。左肩の、腕のほうに下がった部位を。そこに何かがある。あたかも魚類《うろくず》の遊泳用としか言えない、すなわち鰭《ひれ》のような、醜怪な何かがある。覗いた。が、この一瞬、崇高に覗いた。聖性の証明として、まるっきり神々《こうごう》しい覗き方をした。観客の誰も悲鳴をあげなかった。腰を抜かさず、泄《も》らさず、魅入《みい》られていた。直後、その何かは隠された。

再演はなかった。

二十八　褒美の章

褒美は続いている。『腕塚』の上演後には、犬王はきれいな片腕を獲得した。もともとの醜をいっきに拭い、その腕の付け根から手首のところまで、まるまる尋常となった右腕を。犬王は「おお、おお、俺は——」と笑った。「——忠度《ただのり》殿にこの腕をもらったぞ」と誇らしげに言った。「歌人としても知られたあの薩摩《さつま》の守《かみ》に。ありがたや、ありがたや」と。『鯨』の場合はどうか。興行からひと刻《とき》を経ず、群霊《ぐんりょう》は歓喜し、なにしろ「今、我らの縛りつけられた醜が、貴《あて》やかにも聖なる光輝を発したぞ。これは——おお——これは！」と悦《よろこ》びに震え、多数、成仏の身となった。そして、この折《おり》にも褒美。犬王は言った。「ほう、俺の胸鰭《むなびれ》ならぬ腕鰭《かいなびれ》も、消えたな」と。

犬王は、二カ月後の異なる興行の、異なる演目で、同じように左肩をさらす演出を採る。そうした演技をする。が、そこに穢《きたな》さは欠《か》けらもない。そこには、美、それだけがある。

五体は浄《きよ》められてゆく。

そして窮極《きゅうきょく》の美が、近い。

二十九　穽《おとしあな》の章

「そして窮極の美が、近い」と壇ノ浦友一《だんのうらのともいち》は語った。

壇ノ浦殿は。

これは『犬王の巻』である。以上の物語を、琵琶を携える友一は演奏した。自身の関与を除いて、みな聴衆に語った。犬王がどのように新曲を創り出したのか、また、そうやって産《さん》された曲《もの》の内容は、どうだったか。これを語った。『重盛』を語り、『腕塚』を説き、とうとう『鯨』に至った。じつのところ、聴衆たる都人《みやこびと》にはそうした演目名は記憶に新しい。

「――おお」と思った。

「――近づいているぞ、近づいているぞ」と思った。

「——現在が」と申し交わした。

そのために反響の声は高まった。で、それでどうなるのだ、と。で、それでどうなったのだ、と。この物語は走っていると知り、人々は乞う。事実、『犬王の巻』は走る、疾《はし》る。そして壇ノ浦殿こと友一はといえば、以上の行《くだ》り——いわば新作の章——の終わりにこう付した。「最終段階は、近い」と言い添えた。

段階の、最後のもの。

犬王の生涯の段階の。また、美の段階の。

それから友一が語り出した。

「で、こうなったのだ」と語り出した。「——こうなったのだ、まずは父親が、こうなったのだ。おお、どんな者にも親はいる。子宮《こつぼ》を持った母というのは当然いるわけだが、それに加えて精子《たね》を与える父がいる。父が！　しかも頂点を望めば、我が子を犠牲《いけにえ》にもできる父がいた。そんな父が！　その父親は、おお、当世の芸道でなるほど頂きを窮《きわ》めたぞ。比叡座《ひえざ》の棟梁であって、この比叡座が猿楽の諸座ちゅう抽《ぬき》んでたぞ。美の道の覇者！　しかし、これはなんだ、なんだ、追いつめられたかのような表情《かおいろ》だ。蒼褪《あおざ》め、何かと話している。いったい、何者と語らっているというのだ。

なんと、人ではない――。

人ではないものが、応《こた》えている――。

『お前はどういうことを訊いているのだ』

と応えている。

『言ったとおりのことをだ』

と犬王の父親が喘ぎ喘ぎ、言う。

『今さら、犠牲《いけにえ》に捧げた息子を縊《くび》れないものだろうか、葬れないだろうかとは、何を願っているのだ』

『俺は恐いのだ』

『何が恐いのだ』と問われた。

『あれが、俺に迫るのが恐いのだ』

『あれとは、なんだ』と問われた。

『もちろん息子だ。犬王だ』

『い——ぬ——お——う——』と魔性のものが声を響《とよ》ませた。

『なあ、おい、比叡座の大夫《たゆう》であるこの俺こそが美を窮めるのではなかったか』

『窮めた、と思えないのか』と問い返された。

『思える、思える。だがしかし、この俺こそが芸を窮めるのではなかったか』

『窮めた、と思えないのか』と問い返された。

『思える、思えるとも！　だがしかし、どういうことだ。犬王が俺に迫っているぞ。あの化物の手になる新作の、巷《ちまた》の人気は——』

『ば——け——も——の——』と魔性のものが声を轟かせた。

『俺こそが今生《こんじょう》、もっとも華やげるのではなかったのか』

『華や、げ、て、いない、の、か』と言葉を切りながら、ぶつぶつと断ちながら、問いが返る。

問いが返る。

『いる！』と犬王の父親は叫んだ。『いることは、いる！　しかし、このままではじきに失う！　俺はこの俺の座をあの犬王に奪《と》られる。掠《かす》められるだろうに！』

ぶつぶつ、と泡のような轟きだけが湧いた。

ぶつぶつ、と。

それから、

『では、お前は』

と声が続いた。

『おお、俺は』

と父親が応えた。

『どういうことを望んでいるのだ』と魔性のものが尋ねる。

『あれが、葬り去られることを。即座に』

『あれとは、なんだ』

『犬王だ』

『お前が、誕生の前にその無垢《むく》の美をさしだすことに同意した、犬王か』

『そうだ』

『お前が、穢《けが》れのなさのその全部をさしだした、息子の犬王か』

『そうだ』

『それを葬りたいか。この世から掻《か》き退《の》けたいか』

『そうだ、そうだ！』と叫んだ。

『つまり、お前は、此方《こちら》との約束を違《たが》えるのだな』

『なんだ、な、なんだ――』と慄《ふる》える声で訊いた。『俺は、この追加の術のためならば、どんどん犠牲《いけにえ》をやるぞ。あの平家座頭《ざとう》たちばかりではないわ。もっと殺す。もっと殺す。もっと捧げる！』

交渉せんとした。

『が、お前は』と魔性のものが冷静に返した。『初めの約束は破るのだな。毀《こわ》すのだな』

『それは、そ、そうだが――』

『ならばお前が、毀れろ』

翌《あく》る日、その五体があたかも切り刻まれたかのような、毀壊《きかい》しきった無惨な姿で、犬王の父親の骸《むくろ》が発見された。その惨《むご》い、謎めいた死。明らかな横死。そして損壊した遺体は、しかし――どうにかこうにか――つながってもいた。目路《めじ》に入れた誰もが次のような感慨をおぼえた。おお、これは実に穢《きたな》い、穢いぞと」

三十　名の章

　これらの経緯《いきさつ》を友一は語った。琵琶で、また声で。そうやって都人《みやこびと》の間での絶讃を得た。世上の誉《ほま》れを得た。すなわちこの犬王の物語は、（繰り返しになるが）友一の物語である。

　さて友一はどうなったか。どうなっているのか。

『犬王の巻』では、友一その人の関与は語られない。盲《めし》いた友一――もともとは友魚《ともな》――が犬王の前に現われて、互いに無二の朋《とも》となり、いっしょに段階を踏む行《くだ》りは省かれている。最初の段階から次の段階へ、それから、そのまた次の段階へ、は。しかし、そこなのだ。そこは省略できないのだ。なにしろ、これは友一の物語である。いや、正確には、友魚の物語であり、友一の物語であり、これ以降、じつは三番めの名前の物語である。

友一は改名する。

壇ノ浦友有《だんのうらのともあり》となる。

巷間、敬意を払われて「壇ノ浦殿」と呼ばれることに変わりはない。が、名前そのものは友一から友有に変わった。少々言葉を換えるならば、一名《いちな》を棄《す》てた。これはなにゆえか。いかなる理由で、名乗りの末尾に一《いち》を付けるその芸名を改めたのか。

当道座《とうどうざ》を去ったからである。

正確に語れば、当道座を逐《お》われたからである。

覚一検校《かくいちけんぎょう》を統率者とする琵琶法師の座を。

この覚一の事績とはなんだったか。

琵琶法師の諸座、諸流派をまとめ、これを成し遂げるために平家の物語の正《しょう》本《ほん》をまとめたことである。

これこそが正しい本、というのを。

言い換えるならば新編集の『平家物語』を。

そして、この正本に収められていない挿話、この正本とは構成の異なる他の本は、忘れてよい、忘れよ、とした。

忘れさせたうえに当道座は成っていた。その忘却の土台のうえに。抹消の礎《いしずえ》のうえに。

ある言い伝えでは、覚一検校は足利尊氏の従弟《いとこ》だったとも説かれている。当道座は将軍家に管理されることで、いずれ覇を唱える。琵琶法師であれば――「『平家の物語』の演奏の道」を歩む者であれば――属しなければならぬのはこの座、と。

友一の物語は、いっきに十年を経過させても、この当道座の正本の完成の時期には至らなかった。以前にそのような飛躍を試みたが、それでも四、五年の間《ま》があった。ひと息に十歳《とせ》を飛んでも、まだ四、五年ぶん足りなかった。が、今やそれも経過した。なにしろ友一が、琵琶の新曲を産んでいる。名前は『犬王の巻』となるであろう曲を、産み落としている。それから犬王が、新作を産んでいる。「猿楽の能」の新しい曲を、たとえば『重盛』『腕塚』『鯨』と続々創り出している。

だから歳月は、経つ。

だから四、五年は、この間に経過する。

経過すれば、友一は——名を改めて——友有となる。

ここからは友有の物語となる。

が、その前に、じつは踏まねばならない段階がある。それこそが最終段階である。それも犬王にまずは踏まれて、それゆえ、友一にも踏まれる段階《もの》である。

すなわち窮極の美が、来る。犬王の。

三十一　直面《ひためん》の章

「父は死んだのだ」と友一は語った。もはや友有なのだとも断じてよい友一は。

「――父が死んだのだ、あの父親が惨死したのだ。おお、すると比叡座《ひえざ》は棟梁不在ということになる。否、さしあたって長男が棟梁に就いた。一座を率いて、興行を企画することになった。が、大夫《たゆう》は誰なのか。いちばんの役者は、比叡座の花形は誰なのか。大夫！　もちろん棟梁にして犬王の長兄が、『俺が大夫であるのは、当然だ』と力説した。『一座の棟梁こそは大夫だ』と。これに対し、次兄は『大夫になった者こそが、真実、次の棟梁になるのがよいのではないか。さしあたりの棟梁ではなく』と主張した。他の兄は『むむ』と言い、『む』と唸った。末弟である犬王は、時機《とき》を待った。

そんなものは、技倆の優劣が決めるだろう、とわかっていたから。

そんなものは、世間の評判が決めるだろう、と見通していたから。

そして、その時点で早《はや》、誰も犬王の評判には及ばなかったのだが。

しかし勝敗は決されなければならない。かつ、こうした勝負もまた、興行として成り立ち、人気を得なければならない。このことを新たな棟梁は考えた。犬王の長兄は考えた。一日に何番もが上演される興行を考えて、打った。兄弟《きょうだい》のそれぞれがシテを務める『猿楽の能』が、その日、立て続けに演《や》られるのだ。これには世の中も騒いだ。まあ話題を攫《さら》った、攫った。見物衆の集まりっぷりといったら、なかった！　その意味では長兄には、興行師の才はあったわけだ。これは素直に讃えよう。が、役者としては果たして頭抜《ずぬ》けるか。また、劇の創造者としてはどうか。新たな『猿楽の能』の産み手としては。

その才は、ないな。

ない、ない。父親が創作した曲《もの》を再演していた。

他の兄たちはどうか。

やはり旧来の曲《もの》を再演していた。すなわち、ない――なかった！

犬王は新曲を用意した。

またもや新作だ。曲名を「竜中将《りゅうちゅうじょう》」といった。竜、とあることからも察せられようが、これは「鯨」で演じられた竜神、それから竜王のその舞があまりに語り種《かたりぐさ》で、『あれを観たい。おお、あの劇の全部をふたたび観ることは無理でも、せめてあの舞、あの竜王は、ふたたび拝みたいわ』との声があまりに高まったので、これに応えるために準備された。話の筋というのは、込み入っているといえば込み入っているし、『いいや、筋など見極められぬ』と評した者もそれなりの数がいた。それは批判ではなかった。むしろ斬新さに驚いて吐いた言《げん》だった。この「竜中将」の舞台はいつか。今なのか過去なのか。なんと、どちらであるとも言えた。なにしろ夢裏《ゆめうら》が――見られている夢の内側が描かれるのだ。過去を今の夢寐《むび》に体験するのが夢なのだから、それを『昔のことだ』とは断じられない。

だから、シテの犬王に演じられる平家の中将が登場するが、これは亡霊であると同時に、亡霊ではない。

生きていた頃が夢見られているのだから、な。

こうした不思議を、観客はどのように諒《りょう》とするのか。さすがは犬王、劇の冒頭に地謡《じうたい》を用いて明かし、すなわち『これは夢、これは夢。夢の通路をただ進み、これぞ平家の直路《ただじ》なり。滅した一門の直路なり』と繰り返し合唱させることで、おお、そうなのか、と了解させた。

これは夢の場か。

しかも平家が歩んでいったか。

では、あの中将は平家の公達《きんだち》の亡霊。いいや、これは夢の中なのだから、公達はいまだ現存の身か。

こう納得させた。

しかし、その後で不思議の二つめが起こる。この生きている中将が、『己《おれ》は誰かに夢見られているらしい』と語るのだ。

いったい誰が夢見ているのか。どこで夢見ているのか。それを生きている中将が突きとめようとする。さて、中将の周りには竜宮の情景が展《ひろ》がっている。すなわち水府《すいふ》、その謂《い》いの竜宮城だ。おお、海の底なのだ。そのことを証す美《うる》わしい詞章が、次々、次々、謡《うた》われる。そうなのだ、この夢路《ゆめじ》に、中将は、華麗な竜宮を遊歩している。この申し分のない幸福――。が、この平家一門の幸福の様《さま》を夢見ているのは、いったい、誰なのか。生きている中将はこれを探ろうと意を決して、そのため、入眠するのだ。眠りに落ち、それによって死んでしまおうとするのだ。

すると、もはや自分は亡霊でしかない世界が現われる――すなわち後《のち》の世が

――おお、中将の前に現われた！

そこに、滅んだはずの一門の末裔どもが、いるではないか。

『これはこれは、落人《おちゅうど》の里』と中将は謡う。

『これはこれは、唱えるのは経典』と中将は謡う。

『それも一門の間でのみ、伝え、伝えて残された、幻の経巻《きょうかん》。その幻経《げんきょう》からの文を読みつつ、朝に夕に勤めつつ、己を夢見たか。己のいる竜宮を顕《た》たせたか。

おお、なんという殊勝な心がけだ。そして、幻経と言われた竜畜経《りゅうちくきょう》の、なんという灼《あらた》かな霊験《れいげん》だ。おお！』

中将は感極まる。

亡霊となっていた中将は、その瞬間に目覚め、ふたたび海底にて生きてい、い、中将となり、さらにその生身《しょうじん》に竜神を憑かせる。感無量であったのは、竜神もまた同じであったからだ。十歳《とせ》どころか百歳《ももとせ》以上の歳月が流れても、なお、平家の落人たちは——その裔《すえ》は——怠らずに竜軸経《りゅうじくきょう》に拠《よ》った勤めに励んでいた。この感激。

だから中将に憑いた。憑いたぞ！

だから中将を舞わせた。舞わせたぞ！

舞う、舞う、中将が舞う——犬王演じるシテが——驚異的な倆《わざ》で——。

そればかりではない。

停まる。

犬王は停まるのだ。舞が停まる。ぴ、た、り、と。

犬王は正面を向いている。犬王の演じる竜中将《りゅうちゅうじょう》は。

それから、犬王は何かをする。

顔に手をのばす。

掛けている面《おもて》に手をのばす。

むろん犬王は面を着用している。若い男の仮面を。彫られているのはじつに、じつに端麗な男の顔である。まさに平家の若公達《わかきんだち》だと感得させる。その面を──犬王は──外す。

両手を用いて、おお、外す。

外した！

素顔をさらした。『猿楽の能』でいう直面《ひためん》だ。シテは、ほとんどの演目で面を着用するが、しかし素顔で──わざわざ──演じるものもある。いわゆる『直面の能』がある。そして犬王は、当たり前だがそうした曲《もの》を演じた前例がない。その興行は──比叡座の兄弟が立ち合う興行《それ》は──盛況も盛況、大盛況だったが、このうち犬王の真の顔を見知っている客というのは一人もいない。

ただの一人も。この瞬間《とき》まで。

さらされた犬王の素顔は、見物衆に揃って息を呑ませた。

穢《けが》れがなかった。完璧な美容《びよう》だった。それまで掛けていた仮面の、幾倍も、幾倍も美しかった。

竜神の憑坐《よりまし》に適していた」

三十二　有名《ありな》の章

犬王が大夫《たゆう》に躍り出た。

その後は比叡《ひえ》座《ざ》の棟梁も承襲《しょうしゅう》した。興行師としても犬王が——長兄よりも——上だ、とされたのである。ここまでで四、五年は経った。ここまでで友一の物語をいっきに十年飛ばしてから、さらに後《のち》の四、五年が経過した。ここまでで友一の物語は友有の物語に接《つ》がれた。

少しばかり説明を足す。

犬王の美貌は、呪詛がみな浄《きよ》められたことで生じたのである。呪われた子、犬王の醜は、どこに集中して残っていたのか。顔——貌《かお》にだった。これが最後の褒美として、拭われた。群霊《ぐんりょう》の歓喜の声々、合唱、さながら人の耳に聞かれたならば荘厳な謡《うたい》とも感じられるであろうものといっしょに除去された。あらゆる不浄が拭われて、穢土《えど》から持ち去られて、あとに留まったのは穢《きたな》さの対極の相だった。

すなわち美相。

窮極《きゅうきょく》の美貌。

ここからは頂点を窮《きわ》めて、猿楽界で活躍するだけである。

犬王はこうであり、で、壇ノ浦友有《だんのうらのともあり》である。

もはや友一ではない友有である。名乗りの末尾に一《いち》を付けるその一名《いちな》は、奪われた。「用イルコト罷《マカ》リ成《ナ》ラヌ」と通告された。何者が、そう言ったか。それまで友一（友有）が所属していた当道座《とうどうざ》であり、この座の統率者である。

すなわち覚一検校《かくいちけんぎょう》――。

覚一検校は、平家物語の正本《しょうほん》をまとめた。

覚一検校は、その直前、琵琶法師の諸座をまとめた。まとめんとした。

この新編集の『平家物語』に、採られていない譚《はなし》はことごとく消えるべし、と言った。——言ったに等しかった。

しかし友一が市中《まちなか》で人気だ。壇ノ浦殿こと友一が。しかも友一は変わり種の平家を演《や》っている。そこに「こんな平家」があり、「あんな平家」も孕《はら》まれ、犬王の新作群を続々と（琵琶を弾じつつ）解説することで「そんな『新しい平家』」に満ちた新曲を。独創の曲を。——すなわち『犬王の巻』を。

こうした勝手が、許されるわけがなかった。

友一は当道座を追放された。

というか、観点を変えれば、友一は座を割った。友一は、友一という名を奪《と》りあげられたのではなかった。その名を棄《す》てたのだった。一名《いちな》を棄てて、友有となった。そして、友有（友二）にはすでに大勢の弟子が当道座中に従《つ》いていたから、これらを率いて座外——当道座外——に出た。すなわち分派した。これが「座を割った」ということである。

そして新たな座を結んだ。

結成されたその座を統《す》べるのは友有。そして率いられた弟子は、巷《ちまた》にも知られる筆頭株から名を挙げるならば、たとえば秀有《ひであり》。たとえば竹有《たけあり》。たとえば宗《むね》有《あり》。

これらの者たちはむろん、以前は秀一《ひでいち》といい竹一《たけいち》といい宗一《むねいち》といった。しかし揃って末尾の一を有に換えた。すなわち有名《ありな》を採ったのである。

では当道座を割って出て、師弟ともども改名した新たな琵琶法師の座の、名は何か。

魚座《いおざ》である。

壇ノ浦殿に率いられ、壇ノ浦殿がおのずと口にしだしたイオの座——。いいいいいいいいいいいいい、ここに壇ノ浦友有が魚座を組織した。

放逐した側の観点に戻せば、当道座を逐《お》われた者があろうことか座中の何人もの、何十人もの琵琶法師を引き抜いた、毟《むし》り盗《と》っていった、との体《てい》になる。看過などありえなかった。顧みないなどということは。この「弟子の帰属問題」が、当道座と魚座を対立させる。

烈しい、烈しい、芸能闘争が胎動する。否、もう分娩《ひりだし》は終わった。産み落とされた抗争《もの》が、この世を這う。この世の——地表を。

三十三　将軍の章

さあ終章も近い。

そこで、このように語り直してみる。語り直し、語り出してみる。あるところに将軍がいた、と。

あるところに将軍がいた。名を足利義満《あしかがよしみつ》といった。義満は室町幕府の三代将軍だった。義満はおのれの代で室町幕府の体制を整えた。義満の父親は二代将軍の足利義詮《あしかがよしあきら》だった。義満の祖父は初代将軍の足利尊氏《あしかがたかうじ》だった。義満の父親、義詮は三十八歳という若さで病死した。そのために義満はわずか十歳で政務を譲られた。翌年の大晦日に将軍となった。まだ子供だったから、もちろん初めは後見《うしろみ》がいた。が、義満は長ずるや自立した。足利将軍家の脅威である諸国の守護大名を続々と討って、あるいは討たずとも政略を用いて勢力を削《そ》いだ。それらの業《わざ》のただなか、南北朝を合一させた。

二つに分裂していた朝廷を。

これこそは義満の偉業だった。

二つあった朝廷、二つの宮《みや》が一つになったのだから、二人いた天皇は一人になった。これは南朝の後亀山《ごかめやま》天皇が北朝の後小松《ごこまつ》天皇に三種の神器《じんぎ》を譲る、という手続きで成った。神器ひと揃いを。これをもって、北朝の天皇こそは正統である、と証された。その天皇に任命される征夷大将軍の権威こそは真正である、と証された。

この年、三代将軍義満は三十五歳だった。

しかも天皇の実権を、じつは握っていた。すなわち義満こそは天下を統一した。

もちろんこの前から全国に圧《お》しを利かせていた。凄《すご》みと睨《にら》みを利かせていた。たとえば三十一歳で、義満は東国《とうごく》に下向している。駿河《するが》の国に赴いている。これは霊山《れいざん》の富士を遊覧するためと謳われたが、他の目的もあった。いわば裏の目的があった。義満は、鎌倉公方《くぼう》に圧力をかけんとこの富士山観覧を行なっていた。当時の鎌倉公方は足利氏満《あしかがうじみつ》。この者は義満の父の義詮の弟、足利基氏《あしかがもとうじ》の子だった。義満の従弟《いとこ》で、齢《とし》はわずかに一歳下だった。そして十年遡ると、義満の座を——将軍の地位を——奪おうと挙兵しかけている。だから、圧力をかける必要があった。だから、東国への下向は行なわれた。

それから、たとえば三十二歳のとき。義満は今度は西国《さいごく》に遊覧を行なった。安芸《あき》の国に赴いて、厳島《いつくしま》のお社《やしろ》に参っている。で、ここにも裏の目的というのはあって、もちろん義満は西国の有力守護たちにみずからの権威をさあ、どう、だ、と誇示したのだった。

私という将軍に叛《さか》らえるか、と。

とはいえ裏は裏。

表の目的をもっと掘り下げることもできる。どうして義満は、富士を遊覧し、厳島を参詣したか。ある人物が、おおよそ二百年前に、「富士山を遊観《ゆうかん》したい」

と望んで果たせず、また、同じ人物が、厳島神社を当今の隆盛に導いていたからである。

それは平清盛《たいらのきよもり》だった。

おおよそ二百年前に、天下を統《す》べた男だった。

武家の棟梁でありながら、初めて、日本国《にっぽんこく》の覇者となった男だった。

武士——武将——でありながら、従一位《じゅいちい》の太政大臣《だいじょうだいじん》という官位に昇った人間だった。

いや、『古事談《こじだん》』に載るところ等に拠ると、厳島に奉仕することを思い定めんとしている清盛が、参拝時に「いずれは従一位の太政大臣に昇進するぞ」と巫女《みこ》からの託宣を受けたのだった。——起点はそこにある。この頃、清盛はおよそ三十一、二歳。

すなわち義満は、清盛を念頭に置いて、三十一歳のときに東国に下向し、翌《あく》る年、西国に下向したのだった。それから三十五歳となり、南北朝の合一を実現させ、三十七歳で将軍を辞したのだった。これは応永《おうえい》元年の十二月十七日のことだった。将軍職は義満の子、義持《よしもち》が継いだ。わずか九歳だった。そのために実権は――政務のそれは――渡されなかった。同月の二十五日、義満は従一位の太政大臣に昇進した。

義満は、すなわち、現代の清盛になりたかった。

そして、なったのだし、なって、越えたとも言える。

たとえば文化を主導した点で。「花、花、花」と望んで、都に華やぎの文化を開かせた。朝廷が二つから一つに減じ、あるいは一つにまとまり、天皇が二人から一人になって、三種の神器はひと揃いでじゅうぶんとなって以降の時代に「京の都はとりもなおさず『花の都』である」と認識されだしたのは、足利義満の力あるいは業《わざ》、あるいは趣向に因《よ》る。

ところで、さて。

ここに一人の将軍がいる。あるいは応永元年の末からは元将軍がいる。京の都にいる。この人物はつねに平清盛を心に置いて、所願を成就させようと考えている。おおよそ二百年前の平家の――その武家の――棟梁と等しい力を得、等しい地位に就き、かつ滅びない武家政権を用意しようと考えている。そのためには、巷間に流布《るふ》する平家の物語を掌握する必要がある。そうなのだ、『平家物語』をきちんと所有する必要が。

そして、所有できない『平家物語』は、潰さねばならない。

「なにしろ、平清盛とは私だ。——己《おれ》だからな」と足利義満は言う。「勝手はさせん」

さて、京の都には二人の芸能者がいる。魚座《いおざ》の友有と比叡《ひえ》座の犬王が。

終章は近い。

三十四　天女《てんにょ》の章

魚座《いおざ》の者たちが語れば、それは即、犬王の物語になる。

そして、そう、もはや友有だけが『犬王の巻』を語るのではない。有名《ありな》を持つ、世に「壇ノ浦殿の弟子筋の名人衆」と言われた秀《ひで》、竹《たけ》、宗《むね》らはほとんど完璧に犬王の物語を演奏できた。だから秀有が、下京《しもぎょう》で『犬王の巻』を演《や》った。竹有が、南都で『犬王の巻』を語った。宗有が畿外に出て、『犬王の巻』を尾張《おわり》に、三河に、遠江《とおとうみ》に、それから鎌倉にと弘《ひろ》めた。もちろん魚座の統率者である友有その人は、上京《かみぎょう》のあちこちに招《よ》ばれたし、すなわち公家《くげ》と、新興の武家に贔屓《ひいき》にされたし、また、高弟たち――例の秀、竹、宗――よりも下位《した》の者たちも友有から『犬王の巻』を口授されて、やはり（上手か下手かは別として）語れた。

二十人、三十人、いや、もっと。七十人。八十人――。それほどの数の者たちが、しかも盲《めし》いた者たちが、犬王の生涯を謳《うた》いえた。そうなのだった、讃えられるほどの域に、今、犬王は達していた。まるで叙事詩だった。しかも、大勢が語るのだった。魚座の大勢が、こう語っているのだった。あたかも群唱《ぐんしょう》じみて――。

「素顔は知られたのだ」と友有の声が言い、友有から口伝された琵琶法師たちの声々があちらで、こちらで、そちらで言う。この天《あめ》の下《した》で言う。「――素顔は知られたのだ、犬王の真の顔が知られたのだ。その美！　ただちに噂はひろまったのだ。『おお、ずっと、ずっと秘められていたが、その顔、世にも稀《まれ》であったわい。あんまりにも凡人《ただびと》離れして精彩を放ち、眩しすぎるので、その災禍を抑えようと日頃は面《おもて》で覆っていたのに違いなかったわい。あれほどの美相、凡人《ただびと》が直視したならば目が暗む！　舞台で一見《いっけん》する程度ならば大事には至らないとしても、そうでなければ、きっと鼻からびゅうびゅうと血を噴きだす！

眺める長さに比例して身《からだ》より失血し、終《しま》いには命を吸い取られる！　おお、おお、それほどの美！　おお、おお、しかしながら、しかしながら――』と言った。『――また見たい！』と都人《みやこびと》は一様に言った。ひと度《たび》も目にしていない者は、『――ああ、次こそは見たい！』と、そう言った。

もちろん、世間には上下がある。

そう言ったのは凡人《ただびと》どもであって、これは下《げ》。貴賤《きせん》の賤。

そして上《じょう》であれば、美を見つづけても盲目には至らない。貴賤の貴、貴々《あてあて》しい人々とはそうしたもの。

ならば『ずっと見たい。見ていたいぞ』と望むのも、けだし尤《もっと》も。

まず、貴顕臨席の比叡《ひえ》座の興行というのがあった。これが何度も、何度もあった。もちろん舞台に立った犬王がいつでも直面《ひためん》のシテを演じるわけではなかったし、直面が勘所となる演出の曲――たとえば件《くだん》の『竜中将』――を演ずるわけでもなかった。が、現われた貴人《あてびと》らに挨拶をする比叡座の棟梁の犬王は、当然、素顔である。犬王は仮面なしでも通用する、今や、この世で。こうした接待一つで、臨席の貴人《あてびと》――貴賤の貴、上下の上――は大いに満ち足りる。大いに、大いに歓ぶ。

おお、犬王――犬王！

比叡座の大夫《たゆう》の、仮面を掛けても、外しても時を得て華やいでいる、犬王！

そして、華やぎの花といえば、もちろん足利将軍殿、我らのふだん口にする室町殿《むろまちどの》。為政者の長たる室町殿が、なんとご来臨なさる興行がある。こうした将軍台覧《たいらん》の猿楽興行は、しかし、初ではない。史上初というのとは違って、先例はあった。近江猿楽のどこかの座、ではなかった。大和猿楽のそれだった。観世座《かんぜ》だ。ここの大夫は観阿弥《かんあみ》、相当に才に勝《すぐ》れる。だから室町殿に気に入られて、当代、愛顧を受けている。この観阿弥に開いてもらった道を、犬王も往《い》った。どんどん前進した。

じき、室町殿に庇護される芸能の座のうち、猿楽では比叡座が筆頭、となる。その次が観世座、と。

『猿楽の能』の役者のうち、いちばんの芸の凄みを見せるのは観阿弥だが、しかし犬王の芸の美には何者も敵《かな》わぬ、となる。

ゆえに室町殿の贔屓は犬王。

侍《はべ》らせる稚児は別だが、また、観阿弥のいまだ十《とお》と幾つの嫡男こそは、まさに室町殿のご寵愛をただ一人で蒙《こうむ》る稚児となっているが、しかし役者の贔屓は、犬王。

犬王!

その犬王に、室町殿があるとき、『もう平家は、興行の番組に入れるな』と言う。命ずる。

『犬王よ。お前の平家は、どうも逸脱が過ぎる。もう上演するな。封じろ』と言いつける。

『よいな』と念を押す。

それから犬王は何をしたか。

犬王は、父親の代からの当たり芸、――平家の物語から題材を採った演目というのをどれもこれも封印して、新しい芸を、比叡座の新風を、曲を産みはじめた。観世座を観察した。『猿楽の能』に流行歌謡の曲舞《くせまい》を採り入れて自座の芸風を大胆に革《あらた》めた観阿弥に倣《なら》い、比叡座の歌舞を改革した。犬王は、しばしば女面《おんなめん》を掛けた。シテとして女人《にょにん》を演じたし、シテとして女人の出る作品を創造した。なにしろ美しい仮面の下には美しい貌があるのだ、脱がずとも。そして女体《にょたい》の演技を窮《きわ》めた。その肉体の魅力を――そこには五体のどこを眺めても歪《いび》つさの切れ端《はし》ひとつない――前へ、前へ押しだした。すると追求される舞が見出され、それは世間から天女《てんにょ》の舞と言われる。言われ出す。おお、その幽玄さ。

幽玄だ、犬王！」

が、代わりに犬王は平家を捨てた。

捨てざるをえなかった。

となると、――『犬王の巻』も途絶える。ここに、あっさりと。

三十五　墓の章

この章が終章である。

よって、このように語り出す。あるところに友有がいた、と。

あるところといっても二カ所あって、二つの場所で友有は人生の終わりを順に迎えた。二つとも、御前《ごぜん》だった。すなわち高貴このうえない人たちの前だった。どちらも武家政権の長《おさ》だった。征夷大将軍だった。ただし、二つの場所、二人の将軍には決定的な違いがある。一つめの御前——の場——に現われる将軍は生きている。二つめの御前——の場——に現われる将軍はもう死んでいる。いつ死んだのかといえば、前者の将軍がこの世に生を享《う》けるちょうど百日前である。

生きている将軍は、死んでいる将軍の孫である。

生きている将軍は足利義満《あしかがよしみつ》である。

死んでいる将軍は足利尊氏《あしかがたかうじ》である。

義満には御所があり、尊氏には墓所があった。京の都のうちに。これらが友有の訪れる御前である。さて、最初のそれには友有は召されて訪れた。義満はこの時代、人々から室町殿《むろまちどの》と呼ばれている。この通り名の由来は、義満が上京《かみぎょう》に造営した邸宅にある。この邸《やしき》の規模は東西一町、南北二町で、正門は室町小路に面していて、ゆえに室町殿である。御殿《ごてん》の名称がそのまま義満という足利将軍の通称となった。また、この邸だが、庭園には諸国の名花が数多《あまた》移植されていて、世間では花の御所とも言われた。花亭《かてい》とも言われた。

友有は魚座《いおざ》の最高責任者として、この御所に参じた。

義満が「壇ノ浦殿をな、呼べ。ここに」と言ったから、召された。

庭に控えて、お言葉を待った。

花の御所のその庭に控えたが、盲《めし》いた友有は一つの花も見なかった。

花を見なかった。

こう告げられた。次々と。

ご座所からお言葉を取り次がれて。

「犬王の物語は、今後、いっさい演奏してはならぬ」と。

「比叡《ひえ》座に、平家の物語を演《や》らぬようにと命じたのだから、その封じた内容を披露する曲を、お前の一座の琵琶法師が演ってはならぬ。お前もまた、演奏してはならぬ」と。

「なにより犬王は余《よ》の偏愛する者なのだから、怪異な譚《はなし》を流してはならぬ」と。

「また、余のここな御所には、しじゅう当道《とうどう》座の高位の者が伺候している。当道座には平家の物語の――『平家物語』の――正本《しょうほん》があり、これは先日、余に献じられた。よって、これ以外の平家は、要らぬ」と。

規制があった。否――禁制があった。

さらに、ひと言。

「お前の魚座だが、今後、天《あめ》の下《した》に認められる琵琶の座は、当道のみとする。

然《しか》るがゆえに解散せよ」

芸能闘争に友有は敗れた。

あっさり、敗北した。魚座の最高責任者は。

弟子たちは十人、二十人、いや、六十人、七十人、いや、九十人から百人と、離れた。ほとんど当道座に所属するか、属し直した。

懲罰に片方の耳殻《みみたぶ》を斬られる者もいたが。

「おぬしは、一度は当道座の外に出たのだからな」と、懲戒《こらしめ》に両耳を斬り落とされる者もいたが。

座を割った張本人には、戻れる場所はない。

向かえる場所は、一つしかない。

それが第二の御前である。足利義満の花の御所に続いた、召されたわけではない御前、足利尊氏の墓所である。室町幕府を開いた武将の、その菩提寺《ぼだいじ》。

友有は寺男たちを懐柔する。

友有は門を開かせる。閂《かんぬき》を抜かせる。

境内に入る。墓まで案内させる。人を払う。

それからどうしたか。友有は、調絃のための簫《しょう》を吹いた。琵琶を調《ととの》えた。そして将軍の——室町殿の——命令に叛《さか》らった。友有は、語りはじめた。弾きはじめた。『犬王の巻』を。「今後、いっさい演奏してはならぬ——」と厳命された『犬王の巻』を。誰かが手を着けたのだ、と友有は了解していた。誰かが、落ちのびた平家の裔《すえ》に探りを入れて、その夢に手をのばして、結局、俺のこの両の目から光を奪《と》ったのだ。誰かが、国々の平家谷に隠密《おんみつ》どもを派して、芸能者である琵琶法師も利用して、さまざまな譚《はなし》を拾わせ、竜畜経《りゅうちくきょう》とそれがもたらす霊夢のことも探らせ、そして、ついには壇の浦に人をやったのだ。俺のおっ父《とう》と俺を雇ったのだ。おお、おお、俺はもちろん、犬王の産んだ『竜中将』の内情を知るから、こうしたことも知るのだ。経緯《いきさつ》など、もちろん、うすうす把《つか》んでいたのだ。おお、おお、おお、群霊《ぐんりょう》の声にも教えられて——あれらの知見に導かれて——犬王の口を通して——。

おお！

友有が『犬王の巻』を謳《うた》いあげる。

友有が禁制の曲を献《ささ》げる。足利将軍のその初代に。墓に。

しかし『犬王の巻』は、長い、長い。幾つもの章段より成っていて、ひと時では到底終わらない。ふた時かけても終わるものではない。そもそもふた晩、三晩《み》は要る。友有は語り、声を嗄《か》らし、吠え、涙し、琵琶を弾じつづけて、すると懐柔した寺男たちにも「何者かが（先々代の征夷大将軍の）おん墓前にて、騒いでいる」ことを隠しおおせない。人が来た。騎馬の武者たちが来た。当代の将軍——足利義満——に使役される者たちが来た。生きているほうの将軍に。

そして罰がある。

友有に処罰がある。

引致《いんち》されていって、その果て、友有は賀茂《かも》の河原にて斬られるのだが、その前に、この二つめの御前からひき剝《は》がされる前に、琵琶の絃《いと》を切られる前に、こう叫んでいる。友有はこう叫んでいる。初代の将軍——足利尊氏——に向かって。「我《われ》、ただの賤《せん》の者に非《あら》ず。――非ず！」と。

そして続けた。

「我が名は、五百友魚《いおのともな》。イオの――トモナ！」

友有が友魚と言った。

名乗った。

三十六　譚《はなし》の章

しかし終章にも続きがあった。

あらゆる物語には、たとえば続篇が、たとえば異聞があるのだから、ここにもある。儚《はかな》さのその彼岸にある。

なにしろ犬王がいたのだ。この日本国《にっぽんこく》の歴史に、実在して、いたのだ。猿楽界の第一人者として、足利義満の愛顧を賜《たま》わり、その出世の道を開いた観世座《かんぜざ》の初代大夫《たゆう》観阿弥に感謝しつつ、この観阿弥の子であり、跡を継いだ世阿弥と交わりつつ、しかし頂点に君臨し——二、三十年、それどころか四十年と、君臨しつづけ——現に存《あ》ったのだ。応永《おうえい》十五年に至っては、犬王は後小松《ごこまつ》天皇の天覧猿楽——天覧能——という大舞台まで務めたのだ。

その五年後に、犬王は歿《ぼっ》したのだ。

これは応永二十年の五月九日のことだったのだ。『常楽記《じょうらくき》』にも書かれている。

歴史に記されている。

さらに『常楽記』にも『満済准后日記《まんさいじゅごうにっき》』にも、犬王のその死歿《しぼつ》の際には紫雲《しうん》が立ったのだと記されている。奇瑞《きずい》が記録されている。

が、歴史になど記されていないこともある。

犬王は、紫色の雲に乗って阿弥陀仏《あみだぶつ》が顕《あら》われると――さまざまな菩薩《ぼさつ》とともに、音楽とともに――「ちょっと待って」と言った。

往生の前に、少し待って、と言った。

「俺は、ちょっと尊氏《たかうじ》殿の墓に、寄ってくる」と申し出た。犬王は死にながら阿弥陀仏に申し出た。「そこに、あいつがいるんだよ。成仏できずに、まだ、いるんだよ。縛られて。あいつが、盲《めし》いた友有が。いや、友一が。いや、友魚《ともな》が。つまり、俺の朋《とも》が。だから、その呪縛の様《さま》を、この犬王が解いてやらないと。ねえ、俺がね、いいや、俺たち二人でね、解《ほど》きあうよ。それから最後に、こう言うんだよ。『さあ、お前、光だ』って」

解説

池澤夏樹

小説はプロットだと人は思っている。

あるいは登場人物。

時代や社会。

しかし、小説は文芸なのだ。だからまずは文体。

この『平家物語　犬王の巻』の文章はどのページを開いてもわかるとおり、速い。センテンスが短く、改行が多く、形容に凝らない。ばきばきばきと進む。

たぶん口承文芸のスタイルなのだろう。この話を産んだ母胎である「平家物語」が琵琶の音に合わせて語られたように。べべんべんべんべんべんべん！

思い当たることがある。

数年前に「池澤夏樹＝個人編集　日本文学全集」を編むにあたって古典は現代語に訳すと決め、それぞれ作家や詩人たちにお願いすることにした。作品と訳者のペアリングをしなければならない。さて、「平家物語」を誰に頼むか。ぼくは一瞬も迷うことなく古川日出男、と編集部に言った。古川さんはさまざまな文体を持っておられるが、その中には『ベルカ、吠えないのか？』のように広大な小説空間を亜音速で走り続ける作もあった。あれが欲しい。

古川さんに「源氏物語」は頼まない。あのうねうねと続く微細な情感描写に満ちてねっとりとした文章は彼にはそぐわない。そちらは角田光代さんにお願いすることにして快諾を得、長い歳月の後、すばらしい訳が仕上がった。ぼく自身は簡潔にさくさくと進む「古事記」を担当した。

「平家物語」は軍記物だとされる。

だが話の内容は合戦の勝ち負けだけではない。むしろそういう場面は少なくて、平家一門がゆっくりと滅んでゆくその一歩ずつの過程に向けられた哀切の情が主題だと言える。平清盛が栄耀栄華を誇ったのはこの物語の前半の五分の二ほど。彼はあっけなく熱病で亡くなり、一族は束ねを失う。後は都落ち、一の谷、屋島、壇ノ浦、と西国へ追われていって遂には滅びる。たくさんのエピソードが連なり、登場人物も多い。

哀切の情、あるいは哀惜の情。この列島に住まう人たちは歴史の始まり以来ずっと敗者に心を寄せてきた。武勲と勝利を誇る話は少なく、消えていった者の方がいつも主役であった。この傾向は「古事記」から江戸期の文楽の心中物まで変わらなかったと言っていい。

平家の人々の運命は芸能と文芸の格好のテーマとなった。そういう形で階級を超えて民衆が歴史なるものを共有したのは、「この国」という概念を持ったのは、これが最初ではなかったか。だから平家滅亡から五十年で「物語」はほぼ成った。書物以前、メディアは琵琶法師の語りであり、やがて能狂言にまで広がる。

この『犬王の巻』に登場するのは少年二人。友魚《ともな》と、十歳ほど若い犬王《いぬおう》。それぞれに身体的なハンディキャップがある。

前者は三種の神器のかたわれである宝剣、草薙《くさなぎ》の剣《つるぎ》を海中からひき揚げた父が刃を鞘から抜いた折、その発する光で視力を失った。後者はおそろしく醜い、直視もできない奇形の顔と身体に生まれつき、全身を布で覆って顔は面で隠すしかないとされて育った。

犬王の親は近江猿楽の比叡《ひえ》座の棟梁であった。世間から隠された醜い子は兄たちの稽古を隙見するうちに芸を覚え、それが上達するにつれて、まずは足から、次は膝、と身体の一部分ずつ美しくなって覆いを解いていった。能楽師となって犬王と名乗った。

これは芸能を主軸とする話である。田畑を相手にしたり商いで銭を得たりするのではなく、身についた芸で世を渡る。

友魚は師を得て琵琶法師となり、友一《ともいち》と名を改める。国々を行脚して平家の一族に関する逸話を集めて新曲を作る。

犬王の方はまず衣装と面を着けたままで演じられる芸人、すなわち能役者になった。親や兄たちをこっそり真似ていたはずの演技が格段に上手で、家を出て独立する。

この男もまた新曲を作る。つまり二人とも演者であるだけでなく創作者なのだ。古きものを継承した上で新しきものを大胆に作る。芸能と文芸の王道である。

この二人、友一と犬王が出会って互いに力を貸すようになる。姓を加えて壇ノ浦友一。奇譚であり伝奇である。

先に述べたように文体はセンテンスが短く、改行と反復が多く、リズミックで、人の声に満ちている。琵琶法師が語った物語（モノをカタる）のようであり、能の舞台で発せられる台詞のようでもある。措辞は大袈裟で時には空疎だけれども、それでいいのだ、読む者にそれと気づかせないだけの速度があるから。「この物語は、走る、疾《はし》る」と作者自身が言う。

この速度感はこの作家の生来のものであるが、「平家物語」の現代語訳という大業を通じて更に琢磨したものとも言える。それがここで縦横自在に応用されている。

活字を以て紙に記された言葉は常に紙背に音と響きを伴っている。音と響きの方が時おり、あるいはしばしば、主役顔をしてページという舞台の前面にしゃしゃり出る。文芸とは古来そういうものだったと読む者を納得させる。文の芸なのだ。

短い、畳みかけるセンテンスを一回ごとにかっちりと締めてゆくのは動詞である。具体的な行動／ふるまい／動き。

実体のないものを無理に売りつけようとする欺瞞の文章はどうしても形容詞・副詞・修飾語句が多くなる。二流のコピー・ライターやスピーチ・ライターの雑な仕事。飾るばかりで中はすかすか。今の政治家の言葉の大半がこれで、「しっかり」とか「誠実に」とか「骨太の」とか「とことん」とか言うが、そういうのはみんな嘘だ。原稿棒読みの当人は読み間違えても読み飛ばしても気づかない。

ここで少しだけこの小説や原典の「平家物語」から離れる。一九九二年、ぼくは東海村の原発の見学に行った。貰ったパンフレットの「安全への配慮」という項目に、「放射線の封じ込め」と題して五つの壁が放射性物質の周囲にあることを強調する文があった。箇条書きにして五項目からなるその、句読点まで含めて百六十字ほどの短い文章の中で、危険性は「固い」、「丈夫な」、「密封」、「がんじょうな」、「気密性の高い」、「厚い」、「しゃへい」、という言葉の羅列によって文字通り封じ込められていた。それは東日本大震災であっさり壊れた。

こういうものも文章だとすれば、これに対抗し、これを撲滅するのが文芸に携わる者の責務である。一国の文芸を支えているのは作家であり、詩人であり、動詞という太い柱に支えられた彼らの文章である。この話では多用される体言止めが更にリズムを刻む。

友一は犬王のことを琵琶の音《ね》に乗せて語る。

彼の出生の秘密。このあたりが小説としての大きな仕掛けだ。父は芸の達成のため、頂点を窮めるに魔性の者と交渉した。「『ただただ、俺が比叡座の大夫《たゆう》として、比叡座とともに今生《こんじょう》華やげるものを！』と」

その後の魔性との畳みかける問答。

父に与えられた課題は、平家を語る座頭を殺すこと。何十人も。それを達成した時に、死屍累々の後に更なる課題が来る。今、男の妻の胎に宿る子をいけにえとして差し出せと。死産に導くのではない。極端に醜悪なる者に仕立て直してから世に出すのだ。

生まれた子はこの生来の重荷を跳ね返す。

古川日出男はこれを書くについて精一杯大きく筆を振るう。城の大広間いっぱいに毛氈を敷き、その上に糊で貼り合わせた広大な和紙を敷き、身長よりも長い太い筆に桶一杯の墨を含ませ、これを摑んで走り回る。墨は文字を書くだけでなく時に絵を描き、さらに無数の跳ね散った墨の跡を紙面に残す。

この小説と「平家物語」の間には随所に通底管がある。

例えば「二十六　美の章」。薩摩《さつま》の守忠度《かみただのり》は真剣の立ち会いの最中に腕を斬り落とされる。その後で結局は死ぬのだが、この腕は身体とは別に葬られてそこに塚が築かれる。「腕塚」は今の神戸市長田区にある。

本書ではここを三人の僧が訪れる。土地の老婆が現れてここの墓守りと名乗る。やがて老婆は忠度の最期を見届けた忠臣の亡霊として再登場し、無念の思いを語る。そこに生えて育ったのがこの柿の木。腕のように長い実が生る。

僧など旅の者が霊位の高い場所を訪れ、そこで土地の者にその由来を聞く。やがて夢の中に怨念を宿したまま亡くなった者の霊が登場し、思いを語り、舞ううちに浄化されて消える。今の言葉で言う「夢幻能」の基本形。

こういうことすべてを包括し包摂するのがこのわずか二百ページの小説である。

二〇二一年十月　札幌

本書は二〇一七年五月に単行本として刊行されました。

平家物語《へいけものがたり》　犬王《いぬおう》の巻《まき》

二〇二一年一二月二〇日　初版印刷
二〇二一年一二月三〇日　初版発行

著　者　古川日出男《ふるかわひでお》
発行者　小野寺優
発行所　株式会社河出書房新社
〒一五一－〇〇五一
東京都渋谷区千駄ヶ谷二－三二－二
電話〇三－三四〇四－八六一一（編集）
〇三－三四〇四－一二〇一（営業）
https://www.kawade.co.jp/

ロゴ・表紙デザイン　粟津潔
本文フォーマット　佐々木暁
本文組版　KAWADE DTP WORKS
印刷・製本　中央精版印刷株式会社

Printed in Japan　ISBN978-4-309-41855-1

現代語訳 義経記

高木卓〔訳〕 40727-2

源義経の生涯を描いた室町時代の軍記物語を、独文学者にして芥川賞を辞退した作家・高木卓の名訳で読む。武人の義経ではなく、落武者として平泉で落命する判官説話が軸になった特異な作品。

ギケイキ

町田康 41612-0

はは、生まれた瞬間からの逃亡、流浪——千年の時を超え、現代に生きる源義経が、自らの物語を語り出す。古典『義経記』が超絶文体で甦る、激烈に滑稽で悲痛な超娯楽大作小説、ここに開幕。

安政三天狗

山本周五郎 41643-4

時は幕末。ある長州藩士は師・吉田松陰の密命を帯びて陸奥に旅発った。当地での尊皇攘夷運動を組織する中で、また別の重要な目的が！　時代伝奇長篇、初の文庫化。

婆沙羅／室町少年倶楽部

山田風太郎 41770-7

百鬼夜行の南北朝動乱を婆沙羅に生き抜いた佐々木道誉、数奇な運命を辿ったクジ引き将軍義教、奇々怪々に変貌を遂げる将軍義政と花の御所に集う面々。鬼才・風太郎が描く、綺羅と狂気の室町伝奇集。

現代語訳 南総里見八犬伝　上

曲亭馬琴　白井喬二〔現代語訳〕 40709-8

わが国の伝奇小説中の「白眉」と称される江戸読本の代表作を、やはり伝奇小説家として名高い白井喬二が最も読みやすい名訳で忠実に再現した名著。長大な原文でしか入手できない名作を読める上下巻。

現代語訳 南総里見八犬伝　下

曲亭馬琴　白井喬二〔現代語訳〕 40710-4

全九集九十八巻、百六冊に及び、二十八年をかけて完成された日本文学史上稀に見る長篇にして、わが国最大の伝奇小説を、白井喬二が雄渾華麗な和漢混淆の原文を生かしつつ分かりやすくまとめた名抄訳。

妖櫻記 上

皆川博子　41554-3

時は室町。嘉吉の乱を発端に、南朝皇統の少年、赤松家の姫、活傀儡に異形ら、死者生者が入り乱れ織り成す傑作長篇伝奇小説、復活！

妖櫻記 下

皆川博子　41555-0

阿麻丸と桜姫は京に近江に流転し、玉琴の遺児清玄は桜姫の髑髏を求める中、後南朝の二人の宮と玉璽をめぐって吉野に火の手が上がる……！　応仁の乱前夜を舞台に当代きっての語り手が紡ぐ一大伝奇、完結篇

柳生十兵衛死す　上

山田風太郎　41762-2

天下無敵の剣豪・柳生十兵衛が斬殺された！　一体誰が彼を殺し得たのか？　江戸慶安と室町を舞台に二人の柳生十兵衛の活躍と最期を描く、幽玄にして驚天動地の一大伝奇。山田風太郎傑作選・室町篇第一弾！

柳生十兵衛死す　下

山田風太郎　41763-9

能の秘曲「世阿弥」にのって時空を越え、二人の柳生十兵衛は後水尾法皇と足利義満の陰謀に立ち向かう！『魔界転生』『柳生忍法帖』に続く十兵衛三部作の最終作、そして山田風太郎最後の長篇、ここに完結！

秘文鞍馬経

山本周五郎　41636-6

信玄の秘宝を求めて、武田の遺臣、家康配下、さらにもう一組が三つ巴の抗争を展開する道中物長篇。作者の出身地・甲州物の傑作。作者の理想像が活躍する初文庫化。

戦国廃城紀行

澤宮優　41692-2

関ヶ原などで敗れた敗軍の将にも、名将はあり名城を築いた。三成の佐和山城から光秀の坂本城まで、十二将十三城の歴史探索行。図版多数で送る廃城ブームの仕掛け人の決定版。

新名将言行録

海音寺潮五郎 40944-3

源為朝、北条時宗、竹中半兵衛、黒田如水、立花宗茂ら十六人。天下の覇を競った将帥から、名参謀・軍師、一国一城の主から悲劇の武人まで。戦国時代を中心に、愛情と哀感をもって描く、事跡を辿る武将絵巻。

天下奪回

北沢秋 41716-5

関ヶ原の戦い後、黒田長政と結城秀康が手を組み、天下獲りを狙う戦国歴史ロマン。50万部を超えたベストセラー〈合戦屋シリーズ〉の著者による最後の時代小説がついに文庫化！

信玄軍記

松本清張 40862-0

海ノ口城攻めで初陣を飾った信玄は、父信虎を追放し、諏訪頼重を滅ぼし、甲斐を平定する。村上義清との抗争、宿命の敵上杉謙信との川中島の決戦……。「風林火山」の旗の下、中原を目指した英雄を活写する。

戦国の尼城主 井伊直虎

楠木誠一郎 41476-8

桶狭間の戦いで、今川義元軍として戦死した井伊直盛のひとり娘で、幼くして出家し、養子直親の死後、女城主として徳川譜代を代表する井伊家発展の礎を築いた直虎の生涯を描く小説。大河ドラマ主人公。

熊本城を救った男 谷干城

嶋岡晨 41486-7

幕末土佐藩の志士・谷干城は、西南戦争で熊本鎮台司令長官として熊本城に籠城、薩軍の侵攻を見事に食い止めた。反骨・憂国のリベラリスト国士の今日性を描く。

真田幸村 英雄の実像

山村竜也 41365-5

徳川家康を苦しめ「日本一の兵（つわもの）」と称えられた真田幸村。恩顧ある豊臣家のために立ち上がり、知略を駆使して戦い、義を貫き散った英雄の実像を、多くの史料から丹念に検証しその魅力に迫る。

完全版　本能寺の変　431年目の真実

明智憲三郎　41629-8

意図的に曲げられてきた本能寺の変の真実を、明智光秀の末裔が科学的手法で解き明かすベストセラー決定版。信長自らの計画が千載一遇のチャンスとなる!?　隠されてきた壮絶な駆け引きのすべてに迫る！

井伊の赤備え

細谷正充〔編〕　41510-9

柴田錬三郎、山本周五郎、山田風太郎、滝口康彦、徳永真一郎、浅田次郎、東郷隆の七氏による、井伊家にまつわる傑作歴史・時代小説アンソロジー。

伊能忠敬　日本を測量した男

童門冬二　41277-1

緯度一度の正確な長さを知りたい。55歳、すでに家督を譲った隠居後に、奥州・蝦夷地への測量の旅に向かう。艱難辛苦にも屈せず、初めて日本の正確な地図を作成した晩熟の男の生涯を描く歴史小説。

賤民の場所　江戸の城と川

塩見鮮一郎　41052-4

徳川入府以前の江戸、四通する川の随所に城郭ができる。水運、馬事、監視などの面からも、そこは賤民の活躍する場所となる。浅草の渡来民から、太田道灌、弾左衛門まで。もう一つの江戸の実態。

徳川秀忠の妻

吉屋信子　41043-2

お市の方と浅井長政の末娘であり、三度目の結婚で二代将軍・秀忠の正妻となった達子（通称・江）。淀殿を姉に持ち、千姫や家光の母である達子の、波瀾万丈な生涯を描いた傑作！

家光は、なぜ「鎖国」をしたのか

山本博文　41539-0

東アジア情勢、貿易摩擦、宗教問題、特異な為政者――徳川家光政権時に「鎖国」に至った道筋は、現在の状況によく似ている。世界的にも「内向き」傾向の今、その歴史の流れをつかむ。

赤穂義士　忠臣蔵の真相

三田村鳶魚　41053-1

美談が多いが、赤穂事件の実態はほんとのところどういうものだったのか、伝承、資料を綿密に調査分析し、義士たちの実像や、事件の顛末、庶民感情の事際を鮮やかに解き明かす。鳶魚翁の傑作。

吉田松陰

古川薫　41320-4

2015年NHK大河ドラマは「花燃ゆ」。その主人公・文の兄が、維新の革命家吉田松陰。彼女が慕った実践の人、「至誠の詩人」の魂を描き尽くす傑作小説。

幕末の動乱

松本清張　40983-2

徳川吉宗の幕政改革の失敗に始まる、幕末へ向かって激動する時代の構造変動の流れを深く探る書き下ろし、初めての文庫。清張生誕百年記念企画、坂本龍馬登場前夜を活写。

新選組全隊士徹底ガイド　424人のプロフィール

前田政紀　40708-1

新選組にはどんな人がいたのか。大幹部、十人の組長、監察、勘定方、伍長、そして判明するすべての平隊士まで、動乱の時代、王城の都の治安維持につとめた彼らの素顔を追う。隊士たちの生き方・死に方。

五代友厚

織田作之助　41433-1

ＮＨＫ朝の連ドラ「あさが来た」のヒロインの縁故者、薩摩藩の異色の開明派志士の生涯を描くオダサク異色の歴史小説。後年を描く「大阪の指導者」も収録する決定版。

藩と日本人　現代に生きる〈お国柄〉

武光誠　41348-8

加賀、薩摩、津軽や岡山、庄内などの例から、大小さまざまな藩による支配がどのようにして〈お国柄〉を生むことになったのか、藩単位の多様な文化のルーツを歴史の流れの中で考察する。